로버트 루이스 스티븐슨
(Robert Louis Stevenson, 1850~1894)

1850년 11월 13일 스코틀랜드 에든버러에서 등대건축기사의 외아들로 태어난 스티븐슨의 병약한 체질은 활동적이고 모험적인 삶을 향한 그의 열망을 키웠다. 가업(등대건축)계승 ███ 친의 뜻대로 1867년 에든버러 대학교 공대에 █████ ████ 위선, 악습을 거부하는 보헤미안으 ███████████ ██ 면 문학을 해도 좋다 ██ ████████ ████████ 슨은 건강이 악화 ████ █████ ████████ 교유하며 풍부하 ███ ███ ████████ 증을 딸지만 개업 █████ ██ ███████ 월 프랑스 파리 남동부 강 ██ ███████ ██ 패니 오스번을 만나 사랑에 빠졌다. 18██ ████ ███ 로 돌아갔고, 1879년 미국여행을 결행한 스티븐슨은 ███ ██ 오스번과 결혼했다. 1878년에 첫 여행기 『내륙항행』을 출간하고 독창적 에세이 『삼중갑옷』을 발표한 스티븐슨은 특유의 강인하고 합리적인 낙관주의와 경쾌한 문체를 표출하기 시작한 중편모험추리소설 『자살클럽』을 비롯한 중단편소설들을 문학잡지들에 연재함으로써 문인으로서 전성기에 접어들었다. 이후 1887년까지 오스번과 의붓아들과 스위스, 프랑스, 잉글랜드, 미국을 여행하며 집필을 병행한 스티븐슨은 최대인기작들인 『보물섬』, 『지킬 박사와 하이드 씨』, 『유괴된 소년』 같은 소설들과 독창적 에세이들, 시집, 여행기들을 발표했다. 1888년 스티븐슨은 다시 악화된 건강을 다스릴 겸 가족과 함께 전세로 빌린 요트를 타고 남태평양의 여러 섬을 여행했다. 1890년 10월 자신의 체질에 최적합하게 여겨진 사모아 제도의 우폴루 섬에 정착한 스티븐슨은 그 섬의 작은 마을 '바일리마'에 집을 짓고 살면서 의붓아들 로이드와 함께 『난파선 약탈자』와 『썰물』같은 장편소설들을 집필했다. 1892년 12월 4일 급성뇌출혈로 사망한 스티븐슨은 바일리마 자택 뒷산의 꼭대기에 묻혔다.

번역자 김성균

숭실대학교에서 정치외교학을 공부하고 석사학위를 받았다. 「헤겔의 변증법적 이성과 인정투쟁이론에 대한 비판적 고찰」과 「서구 자본주의 욕망에 대한 제3세계의 강박적 욕망과 그 전망」 같은 논문들을 썼고, 「누가 무엇으로 세상을 지배하는가 — 그래서 누가 더 많이 돌았는가?」, 「신을 죽인 자의 행로는 왜 쓸쓸했는가?」, 「적대적 비판에 대한 고독한 냉소」 같은 메타비평들을 썼으며, 『유한계급론』, 『낯선 육체』, 『자유주의의 본질』, 『테네시 윌리엄스』, 『바바리안의 유럽침략』, 『군중심리』, 『군중행동』, 『니체 자서전: 나의 여동생과 나』, 『아무것도 공유하지 않은 공동체』 같은 책들을 번역했다.

자살클럽
The Suicide Club

초판 1쇄 인쇄	2014년 03월 12일
초판 1쇄 발행	2013년 03월 21일
지은이	로버트 루이스 스티븐슨
옮긴이	김성균
펴낸이	신종호
디자인	인챈트리 _ 02)599-1105
인쇄	세연인쇄 _ 031)948-2850
펴낸곳	까만양
출판등록	2012년 4월 17일 제 315-2012-000039호
이메일	kkamanyang33@hanmail.net
일원화공급처	북파크
주소	경기도 고양시 일산서구 구산동 19번지
대표전화	031)912-2018
팩스	031)912-2019

ISBN 978-89-97740-13-0 03840

자살클럽
The Suicide Club

로버트 루이스 스티븐슨 지음 / 김성균 옮김

■차례

크림파이를 나눠주는 청년 이야기

보헤미아 왕자 플로리즐(Florizel)은 런던에 머무는 동안 세련된 예의범절을 구사하며 친절하고 관대하게 행동하여 모든 계층의 호감을 샀다. 그가 실제로 하는 일은 거의 알려지지 않았지만, 이미 드러난 그에 관한 사실들만으로도 그는 주목받는 남자였다. 순박한 천성을 타고나서 평소에는 마치 농부처럼 세상을 바라보며 생활하는 이 보헤미아의 왕자도 이따금 그런 천성과 다르게 대단히 모험적이고 과격하게 행동했다. 그래서 가끔 기분이 언짢을 때나, 런던에서 재미있는 공연이 열리는 극장을 한 군데도 찾아볼 수 없는 날에나, 그가 가장 뛰어난 실력을 발휘하는 야외스포츠마저 즐길 수 없는 계절에는 그의 막역한 친구이자 왕실거마장관(王室車馬長官)인 제럴딘(Geraldin) 대령에게 저녁산책이나 함께하자고 기별을 넣었다. 제럴딘은 아직 젊고 용감했지만 무모하게 행동할 때도 없지 않았다. 왕자의 기별을 받고 희희낙락해진 그는 업무를 급히 마무리하고 산책준비를 서둘렀다. 그는 관직생활을 꽤 오래했고 또 다양한 사람들과 교제한 덕분에 특출한 모방변장술을 습득할 수 있었다. 그는 지위고하, 성격, 민족을 불문한 누구의 표정이나 거동, 음성, 거의 모든 사고방식을 모방하고 변장할 수 있었다. 이런 능력을 갖춘 덕분에 그는 왕자의 환심을 살 수 있었고 또 함께 낯선 모임에도 참석할 수 있었다. 런던의 저명인사들이나 권세가들도 두 사람의 모험에 이런 비밀이 숨어있으리라고 짐작조차 못했다. 왜냐면 왕자의 침착하면

---

1   Bohemia: 오늘날 중부유럽 체코(Czech: 체크)의 서부지역에 10세기경부터 1918년까지 존재했던 왕국.

서도 용감한 기질에 젊은 장관의 기특한 발상과 기사도적 헌신이 절
묘하게 어우러진 덕분에 두 사람은 그동안 갖가지 위기를 잘 넘겨왔
고 또 그만큼 커다란 신망을 쌓아왔기 때문이다.

레스터 광장(1880년)

3월의 어느 날, 저녁산책을 나간 왕자와 장관은 레스터 광장[2] 근
처에서 갑자기 쏟아지는 진눈깨비를 피해 오이스터 바(Oyster Bar)
라는 술집으로 뛰어 들어갔다. 마치 신문기자처럼 보이도록 옷을 차
려입은 제럴딘 대령의 행동과 태도는 신문기자의 모습과 똑같았다.
이전에도 그랬듯이 눈썹을 진하게 칠하고 가짜 구레나룻과 수염을
이용하여 변장한 왕자는 런던 시내 어디서나 목격되는 평범한 남자

2   Leicester Square: 런던 중심부 웨스트엔드(West End) 구역에 있는 보행자전용 광장.

처럼 보여서 그가 왕자라는 사실을 아무도 알아채지 못했다. 어쩌면 주인과 하인으로도 보이는 두 사람은 그렇게 술집에 자리를 잡고 앉아 브랜디와 소다수를 주문해서 홀짝거리고 있었다. 술집은 남녀 손님들로 북적였다. 그들 중 몇 명이 두 모험가에게 일상적인 인사말 정도를 건넸을 뿐 나머지 대부분은 전혀 개의치 않았다. 두 사람이 그만큼 평범한 남자들로 보였기 때문이다.

그런데 왕자는 벌써부터 하품이나 쩍쩍 해대면서 만사가 지겹다는 표정을 짓고 있었다. 그때 심부름꾼 두 명을 대동한 청년이 출입문을 세차게 열어젖히며 술집으로 들어섰다. 심부름꾼들은 보자기에 덮인 크림파이들이 담긴 커다란 접시를 하나씩 들고 있었는데, 그것들을 술집의 한 탁자 위에 내려놓고는 곧장 나가버렸다. 청년은 지나치리만치 깍듯하게 예의를 차리며 술집 안의 모든 손님에게 크림파이를 나눠주며 먹어보라고 강권했다. 웃으며 받아먹는 손님들도 있었지만 정색하거나 심지어 거칠게 화를 내며 거절하는 손님들도 있었다. 청년은 거절당한 크림파이를 약간의 우스갯소리를 곁들이며 맛있다는 듯이 직접 먹어치웠다.

드디어 플로리즐 왕자에게도 차례가 왔다.

청년은 왕자에게 정중히 인사하고 엄지와 검지로 조심스럽게 크림파이를 집어 들고 권하면서 말했다.

"선생님, 지금부터 선생님의 명예를 걸고 정말 색다른 내기를 해보시지 않겠습니까? 이 과자가 얼마나 맛있는지 증명하기 위해 제가 지금부터 이 과자 27개를 5분 만에 다 먹어보겠습니다."

그러자 왕자가 말했다. "나는 그런 재주 자체보다는 그런 재주를 믿고 내기를 거는 한 영혼에 관심이 더 많다네."

"영혼이라고요? 선생님." 청년이 다시 한 번 정중히 인사하면서 물었다. "그건 한낱 놀림감에 불과하죠."

"놀림감이라고?" 왕자가 물었다. "그렇다면 자네는 누구를 놀려주고 싶은 겐가?"

"여기서 저의 철학을 설명하고 싶지는 않습니다." 청년이 대답했다. "저는 다만 이 파이를 여러분에게 나눠드리고 싶을 뿐이죠. 그러니까 만약 제가 신청하는 이 내기가 어리석은 짓이었다고 제가 진심으로 인정하게 된다면, 선생님도 충분히 명예를 지킬 수 있으리라고 장담합니다. 그런데 설령 그리되지 않더라도, 선생님은 저에게 28번째 과자를 먹으라고 강요할 터이고, 그러면 저는 결국 배가 불러터지고 말겠지요."

"그것 참 흥미로운 제안이군." 왕자가 말했다. "거기에 한 가지 조건만 더한다면 자네가 봉착한 이 진퇴양난 지경에서 자네를 구해주겠다고 내가 맹세하지. 물론 우리 두 사람 다 파이를 전혀 좋아하지는 않네만, 그래도 자네가 나의 친구와 나에게 자네의 파이를 먹일 수만 있다면, 그 보답으로 자네를 우리의 저녁만찬에 초대하겠다고 내가 약속하지."

청년은 무언가를 잠시 생각하는 듯이 보였다.

"저는 아직도 파이 수십 개를 가지고 있습니다." 이윽고 청년이
입을 열었다. "그런데 이것들은 저의 막중한 과업을 완수하기 위해
앞으로 술집을 몇 군데 더 들러서 사람들에게 나눠줘야 할 것입니
다. 이 일을 마치려면 시간이 좀 걸릴 텐데, 그 사이에 선생님들의
배가 고파지신다면……"

그 순간 왕자는 우아한 몸짓으로 청년의 말을 중단시키며 말했다.

"나의 친구와 나는 저녁때까지 기꺼이 자네와 동행할 참이네.
그건 우리가 자네의 희한한 행동에 무척 흥미를 느꼈기 때문이지.
자, 이만하면 협상은 마무리된 셈이고, 이젠 계약이 성사되었음을
확인하는 서명을 해야겠지."

왕자는 가장 맛있게 보이는 파이를 하나 집어먹었다.

"이거 참 맛있군." 왕자가 말했다.

"그러면 선생님을 저의 심부름꾼으로 고용하겠습니다." 청년이
말했다.

제럴딘 대령도 왕자처럼 파이 접시 한 개를 받아들고 청년을 뒤
따랐다. 술집의 손님들은 새롭게 진용을 갖춘 이 크림파이 순회봉사
단이 나눠주는 파이를 받아먹거나 거절하기도 했다. 얼떨결에 고용
된 이 두 심부름꾼은 맡은 임무에 점점 익숙해지는 듯했다. 각자 접
시를 든 왕자와 대령은 재미있다는 듯이 웃으며 청년의 뒤를 졸졸
따라다녔다. 크림파이 순회봉사단은 그렇게 다른 술집 두 곳을 더
방문했다. 그곳들의 손님들도 이 순회봉사단이 권하는 파이를 받아

먹거나 거절하기는 마찬가지였고, 거절당한 파이는 모두 청년의 뱃속으로 들어갔다.

세 번째 술집을 나오면서 청년은 두 접시에 남은 파이를 세어보았다. 한 접시에 3개, 다른 접시에 6개, 해서 도합 9개가 남아있었다.

"선생님들." 청년이 두 신참심부름꾼에게 말했다. "저는 두 분의 만찬이 늦어지는 것을 원치 않습니다. 제가 짐작하기로 두 분께서는 지금 분명 배가 고프실 겁니다. 그래서 저는 지금 두 분을 위한 특단의 결심을 했습니다. 왜냐면 저에게는 중요한 날인 오늘, 세상 물정 모르고 저지른 가장 어리석은 짓 때문에 바보가 될 뻔한 저를 후원해주신 두 분께 보답하고 싶기 때문입니다. 선생님들, 이제 더는 기다리실 필요가 없습니다. 제가 지금까지 무리하다시피 과식하기는 했지만, 선생님들과 한 약속을 목숨 걸고 지키겠습니다."

청년은 이렇게 말하며 남은 파이 9개를 모조리 입에 쑤셔 넣더니 한 입 베먹고 남은 것을 두 심부름꾼에게 건넸다.

"놀라운 인내력을 보여주신 두 분께 감사하다는 말씀을 드립니다."

청년은 일종의 해산식을 치르듯이 두 사람에게 허리 숙여 인사했다. 그리고 청년은 심부름꾼들에게 수고비 조로 내민 자신의 돈지갑을 잠시 물끄러미 내려다보다가 씩 웃으며 길 한가운데로 던져버리더니 만찬에 기꺼이 응하겠다는 의향을 표시했다.

세 사람은 소호에 있는 작은 프랑스 레스토랑으로 들어갔다. 2

---

3   Soho: 주로 프랑스인들이나 이탈리아인들이 경영하는 값싼 음식점들이 밀집한 런던의 번화가.

층에 밀실을 갖춘 이 레스토랑은 지난날 잠시 과다하게 유명세를 타기도 했지만 금세 사람들의 기억에서 잊히고 말았다. 세 사람은 이 밀실에서 샴페인 서너 병을 곁들인 꽤나 우아한 만찬을 즐기며 시시콜콜한 대화를 나누었다. 청년은 유창한 말솜씨를 가졌고 명랑했지만 지나치게 큰 웃음소리 때문에 교양인 대접을 받기는 어려워 보였다. 그의 손짓은 매우 과격했고 말하는 억양도 제멋대로였다. 디저트까지 깨끗이 먹어치운 세 사람은 각자 느긋하게 잎담배를 피우기 시작했다. 그러면서 왕자가 청년에게 말했다.

"자네는 분명히 나의 궁금증을 해소해주리라 믿고 말하겠네. 나는 자네를 보며 대단히 즐거웠네만, 그보다 더 큰 수수께끼에 봉착하고 말았어. 물론 나는 경솔한 사람으로 비치는 것을 싫어하네. 그러니까 나의 친구와 나로 말하자면 자네가 우리에게 그 수수께끼의 비밀을 털어놓더라도 우리가 자네에게 커다란 도움이 되면 되었지 해로운 사람들은 결코 아니라고 내가 분명히 장담하겠네. 우리는 다른 비밀들도 많이 알지만 분별없는 자들처럼 여기저기서 떠벌여대지는 않지. 또한 자네의 이야기가 아무리 황당해도 그걸 듣는 우리 둘이 잉글랜드에서 가장 어리석은 바보로 전락할까봐 자네가 걱정할 필요도 전혀 없을 것이네. 나의 이름은 고달, 테오필루스 고달(Theophilus Godall)이야. 나의 친구는 앨프레드 해머스미스(Alfred Hammersmith) 소령인데, 이왕이면, 그 이름으로 불리고 싶어 하지. 우리는 지금까지 신기한 모험꺼리를 찾는 데 시간과 노력을 아끼지 않았고, 그럴 때마다 우리는 색다른 모험을 즐길 수 있었다고도 말해두고 싶네."

"고달 선생님, 제가 친해지고 싶은 분이시군요." 청년이 말했다. "선생님께선 저에게 자연스러운 믿음을 주십니다. 그리고 저는 선생님의 친구이신 소령님께도 전혀 거부감을 느끼지 않습니다. 소령님께서도 귀한 분이시라고 저는 짐작하기 때문이죠. 소령님께서는 적어도 졸병은 아니시리라고 저는 확신하니까요."

제럴딘 대령은 자신의 변장술에 완전히 속아 넘어간 청년의 아첨을 웃음으로 받아넘겼다. 그러자 청년은 더 의기양양해진 듯이 으스대며 말했다.

"여기서 두 분께 저의 이야기를 하면 안 되는 이유가 많습니다만, 어쩌면 두 분께는 이야기해드려도 무방할 듯합니다. 두 분께선 저의 어리석은 이야기를 경청할 준비를 갖추신 듯이 보이기 때문이죠. 그러니까 저의 이야기가 두 분을 실망시켜드리지는 않으리라고 생각된다는 말입지요. 두 분께서 성함을 밝혀주셨는데도 저는 저의 이름을 밝히지 않겠으니 부디 양해바랍니다. 저의 나이도 제가 하려는 이야기에 비하면 중요하지 않습니다. 저의 부모는 평범한 분들이셨습니다. 저는 그분들로부터 지금 제가 거주하는 매우 쾌적한 저택과 매년 지급되는 연금 300파운드를 상속받았습니다. 그분들께선 아마도 무엇에든 쉽사리 심취하고 열광하는 변덕스러운 기질도 저에게 물려주셨을 겁니다. 저는 비교적 훌륭한 교육을 받았습니다.

저의 바이올린 연주솜씨도 삼류극장의 악사로 밥벌이할 정도는 되고, 플루트와 프렌치호른 연주솜씨도 그 정도는 되지요. 또 1년간 100파운드나 되는 돈을 잃으며 내기나 도박의 생리도 충분히 알았습니다. 그리고 프랑스에도 아는 사람들이 있어서 런던에서처럼 파리에서 돈을 탕진해버려도 그들의 도움을 받을 수도 있어요. 요컨대, 저로 말하자면, 남자로서는 성공한 인생을 살아온 셈이죠. 게다가 무의미한 결투를 비롯하여 모험이라는 모험은 다 해봤습니다. 두 달 전에는 정신적으로나 육체적으로 저의 취향에 딱 들어맞는 아가씨를 만났습니다. 한눈에 반해버렸죠. 저는 드디어 내 운명의 여인을 만났다고 생각하여 그길로 사랑에 빠져버렸습니다. 하지만 제가 가진 돈을 모두 헤아려보니 400파운드도 못 되는 것이었습니다! 두 분께 솔직히 여쭙겠습니다만, 남자가 고작 400파운드로 어찌 사랑을 할 수 있겠습니까? 저는 결론을 내렸죠. 절대로 불가능하다고요. 매력적인 그녀를 위해 저의 평소 낭비벽을 약간밖에 더 부리지 않았는데도 아침이 되자 저에게는 달랑 80파운드밖에 남지 않았죠. 저는 이 돈을 정확히 이등분하여 40파운드는 비상금으로 남겨두고 나머지 40파운드는 이렇게 밤이 오기도 전에 다 써버리고 말았습니다. 저는 오늘 무척 유쾌한 시간을 보냈고, 두 분께서 제게 베푸신 호의에 기대어 크림파이 순회봉사활동을 곁들인 여러 가지 익살극도 즐겼습니다. 이미 말씀드렸다시피 저는 두 분의 호의에 기대어 제가 지금까지 저지른 멍청한 짓거리들보다 훨씬 더 멍청한 짓거리로 결말을 맺기로 결심했지요. 아까 제가 길 가운데로 집어던진 돈지갑 속에는 바로 그 마지막 40파운드가 들어있었습니다. 자, 이로써 두 분께서 저의 실체를 아시게 된 셈입니다. 제가 얼마나 어리석은 바보인지 말입니다. 그래서 저는 두 분께 제가 징징대는 투정꾼도 아니고 비겁자는 더욱 아니라는 사실을 믿어달라는 말씀을 드리고 싶습니다."

한껏 고조된 목소리로 말하는 청년의 태도는 자신을 몹시 학대하고 멸시하는 기색을 역력히 드러냈다. 이야기를 듣는 두 사람은 '청년이 사랑 때문에 지독한 고통을 느낀 나머지 인생의 새로운 전기를 마련하고 싶었으리라, 그래서 그가 한바탕 익살극으로 마감한 크림파이 순회봉사활동도 그런 참담한 처지를 잊기 위한 몸부림의 일환이었으리라'고 생각했다.

"그런데 참 신기하지 않습니까?" 제럴딘이 플로리즐을 돌아보며 말했다. "이토록 각박하기 그지없는 런던에서, 이토록 지극히 단순하고 우연한 사건을 통해서, 더구나 거의 똑같은 처지에 몰린 세 사람이 한 자리에 모일 수 있다니 말입니다."

"아니, 어쩌다가?" 청년이 외쳤다. "그렇다면 두 분께서도 지금 파산지경이시라는 말입니까? 이 만찬도 저의 크림파이 순회봉사활동처럼 최후의 어리석은 몸부림이라는 말인가요? 악마가 우리 세 사람을 최후의 만찬에 초대한 셈이군요."

"악마라. 그렇군. 악마한테 기대면 가끔은 아주 신사다운 일도

할 수 있지." 플로리즐이 말했다. "그리고 비록 우리의 처지가 완전히 같지는 않더라도, 그 차이가 근소하다고 본다면, 우리는 동병상련의 처지에 있는 셈이니까, 이런 사실이 나를 매우 흥분시킨다네. 말하자면 자네가 벌인 영웅적인 최후의 크림파이 순회봉사활동이 내 인생의 지표가 되어버렸다는 말일세."

플로리즐은 이렇게 말하며 호주머니에서 자신의 지갑을 꺼내고 그 지갑에서 얄팍한 은행권 한 묶음을 빼들었다.

"이것 보게. 나도 지난 1주일을 그렇게 살았고, 또 이제부턴 자네처럼 이 돈을 남김없이 써버릴 생각이네." 그는 은행권 한 장을 떼어 탁자 위에 놓으면서 말했다. "이거면 여기 밥값은 충분할 테고, 자, 그럼 나머지는……"

그는 나머지 은행권들을 벽난로의 불길 속으로 던져 넣었다. 은행권들은 활활 타더니 순식간에 재로 변해서 굴뚝 속으로 사라져버렸다.

청년은 플로리즐의 행동을 말리려고 했지만, 둘 사이에 놓인 탁자 때문에 이미 늦어버렸다.

"아, 불쌍하신 분이여." 청년이 탄식했다. "그것들을 모조리 태워버리지 마시고 40파운드는 남겨두셨어야 했습니다."

"40파운드라니!" 왕자가 소리쳤다. "대관절 왜 40파운드라는 건가?"

"80파운드라도 상관없지 않은가?" 대령도 소리쳤다. "내가 분명히 기억하기로 은행권 묶음은 전부 100파운드였는데."

"선생님께 필요한 돈은 오직 40파운드뿐입니다." 청년이 의기소침하게 말했다. "그 돈이 없으면 입장을 못하기 때문이죠. 1인당 40파운드. 이 규칙은 엄격합니다. 인생에서 실패한 저주받은 인간들이 그곳으로 들어가지만, 그곳에서도 돈이 없으면 죽지도 못합니다!"

왕자와 대령은 서로 의미심장한 눈빛을 주고받았다.

"조금 더 자세히 설명해주게." 대령이 말했다. "내 지갑에는 아직 그 정도의 돈은 충분히 들어있다네. 이 돈으로 고달 씨의 입장료도 계산할 수 있다네. 하지만 나는 자네가 지금 무슨 의도로 우리에게 그런 말을 했는지 분명히 알아야겠네."

청년은 약간 놀란 표정을 지었다. 그리고 미심쩍다는 듯이 두 사람을 번갈아 응시하더니 얼굴을 심하게 붉혔다.

"선생님은 저를 바보로 아십니까?" 청년이 따져 물었다. "선생님도 정말 저처럼 파산지경이라는 말입니까?"

"물론이라네. 내가 그 지경일세." 대령이 대답했다.

"그리고 나도 마찬가지라네." 왕자도 거들었다. "난 이미 자네에게 증명해보였어. 내가 그 지경이 아니라면 왜 은행권을 불길 속으로 던져버렸겠는가? 그런 행동이야말로 내가 파산자라는 걸 증명하지."

"파산자라 …… 좋습니다." 청년은 아직도 못 믿겠다는 듯이 말했다. "아니면 백만장자이겠죠."

"아니, 나는 분명히 파산자야." 왕자가 말했다. "나는 분명히 그렇게 말했고, 또 나는 거짓말할 줄도 모르는 사람이라네."

"파산하셨다고요?" 청년이 말했다. "두 분께서 진짜로 저처럼 파산하셨다고요? 방탕하게 돈을 탕진하다가 이젠 몸뚱이밖에 탕진할 게 남지 않은 파산자시라고요?" 청년은 언성을 낮추려고 애쓰며 계속 말했다. "그러시다면, 두 분께서는 스스로를 최후의 방탕에 빠뜨리실 수 있겠습니까? 확실하고 편안한 하나의 길로 가면서도 두 분의 어리석음이 초래할 결과들을 피하실 수 있겠습니까? 돌이킬 수 없는 문을 열고 들어감으로써 양심을 저버리실 수 있겠습니까?"

이 대목에서 갑자기 입을 닫은 청년이 억지웃음을 지어보였다.

"두 분의 건투를 빌며 건배!" 이렇게 외친 청년은 단숨에 술잔을 비우고 말했다. "친애하는 나의 파산자들께서는 즐거운 밤을 보내시기를."

제럴딘 대령은 자리에서 일어서려는 청년의 팔을 붙들어 앉혔다.

"자네는 우리에게 확신을 주지 못했네." 대령이 말했다. "그리고 자넨 오해하고 있어. 자네가 던진 모든 질문에 나는 긍정적으로 대답하겠네. 하지만 나는 그다지 비겁한 사람이 아니므로 엄숙하게 분명히 장담할 수 있어. 자네와 다름없이 우리도 인생을 살 만큼 살았으니 죽음도 각오하고 있다네. 우린 지금이든 나중이든 혼자든 함께든 상관없이 우리를 노리고 있을 죽음을 찾아내서 그 죽음의 수염이라도 뽑아버릴 태세란 말일세. 자네를 만난 것은, 더구나 자네와 함께한 봉사활동은 우리에게 커다란 감동을 주었어. 그 감동을 적어도 오늘밤만이라도, 그리고 자네가 찬성한다면, 우리 셋이 함께 만끽하고 싶다네." 그리고 대령은 외쳤다. "그러므로 우리 빈털터리 삼총사여, 서로의 팔짱을 끼고 저 컴컴한 지옥으로 들어가서, 그런 지옥의 암흑 속에서도 길을 잃지 않게 서로의 팔을 놓치지 맙시다!"

제럴딘은 자신의 배역에 정확히 부합하는 몸짓과 억양을 구사했다. 그러나 왕자는 내심 혼란스러운 듯이 미심쩍은 눈길로 제럴딘을 건너다보고 있었다. 청년의 뺨은 다시 벌겋게 물들었고 눈에서는 불꽃이 튀었다.

"선생님들이야말로 바로 제가 찾던 분들입니다!" 청년은 흥분을 주체하지 못하는 듯이 외쳤다. "우리의 협상이 타결되었으니 악수로 축하합시다!"(청년의 손은 차가우면서도 땀에 젖었다.) "두 분께서는 지금부터 우리가 합류할 단체의 정체를 거의 짐작조차 못하실 겁니다! 또한 저의 크림파이 봉사활동에 두 분께서 동참한 순간이 두 분께는 얼마나 커다란 행운의 순간이었는지도 짐작하시기 어려울 겁니다! 저는 일개인에 불과하지만 한 단체의 일원이기도 합니다. 저는 죽음으로 가는 은밀한 관문을 압니다. 저도 죽음의 친구들 중 한 명이니만치 어떤 야단법석이나 추문도 염려할 필요 없이 영원의 세계로 들어가는 입구를 두 분께 보여드릴 수 있습니다."

두 사람은 청년에게 조금 더 자세히 설명해달라고 재촉했다.

"두 분께서는 정말 80파운드를 마련하실 수 있습니까?" 청년이 물었다.

제럴딘은 보라는 듯이 지갑을 흔들며 그럴 수 있다고 장담했다.

"두 분께서는 행운아들이십니다!" 청년이 외쳤다. "40파운드는 바로 자살클럽으로 들어가는 데 필요한 입장료입니다."

"자살클럽이라니!" 왕자가 소리쳤다. "대관절 그게 뭔가?"

"저의 말을 잘 들으십쇼." 청년이 말했다. "이 시대에는 참 편리한 것들이 많습니다. 하지만 저는 바로 이런 시대에도 아직 우리가 발명해야 할 최후의 발명품이 남아있다고 두 분께 감히 말씀드리겠습니다. 우리는 저마다 다양한 일을 해왔습니다. 그러다가 우리는 철도를 발명했지요. 철도 덕분에 아주 멀리 있는 사람과도 친구가 될 수 있었습니다. 또 전신기(電信機)가 발명됨으로써 먼 곳에 있는 사람들과 훨씬 더 빠르게 소식을 주고받을 수 있어졌습니다. 심지어 호텔에서도 우리는 몇 백 계단을 걸어 오르는 고생을 할 필요가 없어졌습니다. 그런데도 우리는 바야흐로 그토록 편리한 생활조차 단지 우리를 웃기기만 할 따름인 어릿광대의 공연무대에 불과하다는 사실을 알았습니다. 더구나 현대적인 생활을 도리어 불편하게 만드는 발명품도 한둘이 아니었습니다. 하지만 품위를 잃지 않고도 그런 어릿광대 공연무대를 쉽사리 벗어나 자유로워질 수 있는 은밀한 우회로가 존재합니다. 그 우회로가 바로 제가 금방 두 분께 말씀드린 '죽음으로 가는 은밀한 관문'입니다. 이 자리에서 저와 의기투합한 친애하는 반역자님들, 자살클럽은 바로 그런 관문을 제공합니다. 그렇다고 우리가 매우 합리적인 것으로 믿어마지 않은 욕망을 품은 사람이 세상에 두 분과 저뿐이라거나 극히 드물 것이라고 추정하지는 마시기 바랍니다. 우리의 동지들은 엄청나게 많습니다. 그들은 모두 각자의 일상생활에서 요구되는 갖가지 역할들을 완수하기 위해 애쓰느라 마음의 병을 키워온 사람들입니다. 그런데도 그들은 고작 한두 가지 걱정꺼리 때문에 그런 일상을 탈출하지 못합니다. 그들 중에는 자신이 탈출했다는 소식이 세상에 알려지면 충격 받거나 심지어 비난받을 수 있는 가족들의 처지를 걱정하는 사람들도 있습니다. 또한 심약해서 막상 죽을 수도 있는 상황들을 직면하면 두려워 뒷걸음질하는 사람들도 있지요. 물론 저도 그런 두려운 상황들을 얼마간 경험했습니다. 저는 죽으려고 권총을 머리에 들이대긴 했지만 차마 방아쇠를 당기지 못했거든요. 왜냐면 저 자신보다 더 강력한 무언가가 방아쇠의 격발을 막았기 때문입니다. 삶이 버거워 진저리치지만, 저의 육신은 죽음을 제어하고 견딜 만큼 강하지 못합니다. 바로 저 같은 사람들을 위해, 그리고 파문이나 추문도 남기지 않은 채 두려움도 벗어나기를 원하는 모든 사람을 위해 발족된 단체가 바로 자살클럽입니다. 물론 이 클럽의 운영방식이나 역사, 혹은 다른 지역들에 개설될 지부들의 현황 등에 관해서는 사실 제가 잘 모릅니다. 또한 이 클럽의 구성원이나 규칙에 관해서도 제가 아는 바를 두 분께 자유롭게 말씀드릴 처지가 못 됩니다. 이런 사항들만 차치한다면 저는 두 분을 성심껏 돕겠습니다. 두 분께서 진짜로 삶에 환멸을 느끼신다면 제가 오늘밤 두 분을 그 단체의 회합에 초대하겠습니다. 그리고 오늘밤 당장 아니면 적어도 1주일 안에 두 분께서는 그토록 환멸스러운 삶에서 편안히 해방되실 수 있을 겁니다. (자신의 손목시계를 가리키며) 지금이 밤 11시로군요. 적어도 30분 후에는 여기서 출발해야 합니다. 이 말은 곧 두 분께서 저의 제안을 검토할 시간이 30분밖에 남지 않았다는 말씀이죠. 그건 크림파이 봉사활동보다 훨씬 더 심각한 제안이죠." 청년은 싱긋 웃으면서 한 마디 덧붙였다. "그래서 두 분의 구미를 더욱 당기는 제안이 아닐까 싶습니다만."

"맞아, 그건 정말 더 심각한 제안이군." 제럴딘 대령이 말했다. "그래서 말인데, 내가 나의 친구 고달 씨와 긴히 의논할 시간이 필요하네. 자네가 5분만 자리를 비워주겠나?"

"물론입니다. 그 정도는 충분히 기다릴 수 있습니다." 청년이 대답했다. "두 분께서 원하시면 지금 당장 밖으로 나가서 기다리겠습니다."

"자네는 아주 친절하군." 대령이 말했다.

청년이 밖으로 나가자마자 플로리즐 왕자가 말했다. "제럴딘, 여기서 무슨 얘기가 더 필요하겠나? 자네는 당황한 듯이 보이네만, 내 마음은 지극히 담담하다네. 나는 끝까지 가볼 작정이야."

"전하." 대령이 하얗게 질려서 말했다. "전하의 친구들에게도 백성들에게도 전하의 목숨은 귀중하다는 사실을 부디 유념해주시기 바랍니다. 저 미친놈이 '오늘밤 당장 실행하지 않아도' 좋다고 말했지만, 돌이킬 수 없는 어떤 재앙이 오늘밤 전하의 옥체를 결딴내기라도 한다면 제가 얼마나 깊이 절망할지 그리고 백성들은 또 얼마나 걱정하고 불행해질지 모르시겠습니까?"

"나는 이번 일의 끝을 볼 작정이네." 왕자는 가장 침착한 어조로 재차 다짐했다. "그러니까 제럴딘 대령, 나는 자네가 했던 명예로운 발언을 신사답게 기억하고 지켜주기를 바라네. 상황을 거듭 설명하거나 나의 권위를 행사하지 않아도, 내가 속행하기로 작심한 이 암행을 자네가 가로막거나 우리의 신분을 누설하는 배신행위를 저지르지는 않으리라고 나는 믿네. 지금 내가 한 말들은 이젠 돌이킬 수 없는 명령이라는 것을 명심해야 할 것이야. 그러면 자네는 지금 나에게 음식값을 빌려주게."

제럴딘 대령은 왕자에게 허리 숙여 인사하며 복종의지를 표시했다. 하지만 크림파이 청년을 다시 불러 왕자의 결정을 알려주는 대령의 얼굴은 하얗게 질려있었다. 그런 반면에 왕자는 침착한 태도를 유지하면서 프랑스 궁정의 익살극 한 편에 관한 이야기를 젊은 자살클럽회원에게 아주 재미있고 흥미롭게 들려주었다. 대령은 그런 왕자를 진심으로 걱정하는 안타까운 표정으로 바라봤지만, 그런 대령의 얼굴빛을 외면한 왕자는 자신의 담뱃갑에서 평소보다 더 신중히 새로운 잎담배를 골라 꺼내어 입에 물고 불을 붙였다. 그리하여 이제 왕자는 아무도 그에게 명령할 수 없는 일당의 두목이 되었다.

왕자는 레스토랑 출입구에서 놀란 표정으로 대기하던 점원에게 음식값을 치렀다. 그리고 세 사람은 때마침 지나가는 사륜마차를 잡아탔다. 잠시 후 그들은 이제 더욱 깊어진 밤의 어느 저택 정원입구에 마차를 세우고 함께 내렸다.

제럴딘이 마차 운임을 지불하는 과정을 지켜보던 청년은 몸을 돌려 플로리즐 왕자에게 말했다.

"고달 선생님, 아직은 선생님께서 노예상태나 다름없는 일상으로 달아나실 기회가 있습니다. 해머스미스 소령님께도 역시 기회가 있습니다. 그러므로 부디 두 분께서는 거취를 신중히 결정하시기 바랍니다. 만약 두 분의 심장이 거부한다면…… 여기가 곧 두 분의 결심을 돌이킬 수 있는 마지막 기로(岐路)이니까요."

"어서 앞장이나 서게." 왕자가 말했다. "나는 한번 뱉은 말을 거두는 법이 없다네."

"선생님의 침착함은 저에게 힘이 됩니다." 청년이 대답했다. "저는 이런 순간에 발을 빼는 사람을 결코 보지 못했지요. 바꿔 말하면 두 분께서는 제가 이 문 안으로 처음 모신 고객님들이 아니라는 말씀이죠. 저보다 먼저 이 문 안으로 들어간 저의 친구만도 한 명은 넘기 때문입니다. 그런데 저는 두 분을 끝까지 모실 수 없습니다. 그렇다고 두 분께서 걱정하실 필요는 없습니다. 여기서 몇 분만 기다려주세요. 두 분을 소개할 준비를 마치자마자 다시 모시러 오겠습니다."

그리고 청년은 두 사람에게 손을 흔들어보이고는 정원으로 들어가더니 현관문을 통해 저택 안으로 사라졌다.

그러자 제럴딘 대령이 속삭이듯 말했다. "이번 모험은 우리가 여태껏 해온 모험들 중에도 가장 무모하고 가장 위험한 미친 짓입니다."

"나도 확실히 그렇다고 생각하네." 왕자가 맞장구를 쳤다.

"우리에겐 아직 시간이 남았습니다." 대령이 왕자를 설득하기 시작했다. "그러니까 왕자님, 저는 기회를 봐서 여기를 뜨는 편이 좋겠다고 말씀드리고 싶습니다. 저기로 들어가면 무슨 험한 꼴을 당할지 모르고 목숨마저 잃을지 모릅니다. 그건 왕자님께서 저에게 개인적으로 허용하신 통상적인 방종의 도를 넘는 짓이 분명합니다."

"제럴딘 대령, 자네가 느끼는 두려움을 내가 이해해야겠나?" 왕자는 입에 물고 있던 잎담배를 빼들고 대령에게 날카로운 시선을 던지며 물었다.

"저의 두려움은 분명 저만 느끼는 것이 아닙니다." 대령이 언성을 높이며 대꾸했다. "왕자님께서도 분명 저처럼 두려움을 느끼고 계십니다."

"조금 전까진 나도 그랬겠지." 왕자는 여전히 즐거운 기색으로 말했다. "하지만 지금 나는 우리가 처한 상황 말고 다른 것을 생각할 기회를 자네에게 결코 주고 싶지 않네. 지금부터 다른 말하지 말게…… 다른 어떤 구구한 핑계도 일절 하지 말라는 말일세."

다시금 설득하려는 대령을 향해 이렇듯 일침을 놓은 왕자는 현관 난간에 걸터앉아 느긋하게 잎담배를 피웠다. 잠시 후 청년이 돌아왔다.

"그래, 우리를 맞이할 준비는 끝났는가?" 왕자가 물었다.

"예, 저를 따라 오시죠." 청년이 대답했다. "회장님께서는 집무실에서 두 분을 맞이하실 겁니다. 그리고 부탁드리건대 두 분께서는 회장님의 질문에 솔직히 답변해주시기 바랍니다. 저는 두 분의 보증인이 되기를 자처했습니다. 하지만 다른 회원들은 두 분의 가입을 승인하기 전에 더욱 철저한 신분조사를 원하고 있습니다. 단 한 명이라도 비밀을 누설하거나 배신하면 이 클럽은 완전히 박살나버릴 수 있기 때문입니다."

왕자와 대령은 동시에 고개를 끄덕였다. "명심하겠네." 왕자가 말했다. "나도 물론 그리하겠네." 대령이 말을 맞추었다. 각자 맡은 배역대로 청년의 부탁에 흔쾌히 동의한 왕자와 대령은 청년을 따라 회장집무실로 보무당당하게 걸어 들어갔다.

도중에 만만찮아 보이는 장애물들은 없었다. 회장집무실이 있는 건물의 출입문은 열려있었고 회장집무실의 출입문도 약간 열려있었다. 집무실의 넓이는 좁아보였지만 천정은 아주 높았다. 청년은 거기서 다시 두 사람을 기다리게 했다.

"회장님께서 곧 오실 겁니다." 청년은 고개를 가볍게 숙이며 이렇게 말하고는 집무실을 나가버렸다.

똑같은 모양으로 만들어진 여닫이출입문 한 쌍이 닫히는 소리가 집무실에 메아리쳤다. 잠시 후 커다란 웃음소리와 샴페인 병뚜껑 뽑는 소리가 사람들의 대화소리에 섞여서 들려왔다. 집무실에 단 하나뿐인 좁고 높다란 창문으로는 멀리 강과 제방이 내다보였다. 왕자와 대령은 그런 풍경으로 미루어 자신들이 있는 곳이 채링크로스[4]역(驛)에서 멀지 않다고 짐작할 수 있었다. 집무실에 있는 가구라야 얇은 천이 덮인 소박한 둥근 탁자뿐이었고, 탁자의 중앙에 호출용 작은 종(鐘) 하나만 달랑 놓여있었다. 사방의 벽면에 박힌 걸이못들에는 중요한 연회에 참석할 때나 착용하는 중절모들과 코트들이 걸려있었다.

"여기는 뭐하는 놈들의 소굴일까요?" 제럴딘이 입을 열었다.

"조금 있으면 알겠지." 왕자가 대답했다. "그놈들이 여기서 악마들을 키우고 있다면 더욱 흥미진진한 일 아니겠나."

그때 한 사람이 겨우 통과할 수 있는 넓이로 출입문이 열리며 조금 전보다 더 크게 들리는 웅성거리는 소리와 함께 대망의 자살클럽회장이 들어왔다. 회장은 50세가량 되었거나 아니면 나이를 조금 더 먹어 보이는 대머리에 구레나룻을 덥수룩하게 기른 남자였다. 성큼성큼 걷는 걸음걸이는 산만했고, 비밀을 간직한 듯이 보이는 회색눈동자는 이따금 정체 모를 빛을 발하곤 했다. 커다란 잎담배를 입에 문 그는 집무실 안을 이리저리 연신 오락가락하며 예리하고 냉정하게 방문객들을 관찰했다. 가벼운 모직으로 만들어진 아주 넓은

4　Charing Cross: 런던 중심부 트러펠거 광장(Trafalgar Square) 부근에 있는 번화가.

목깃이 달린 줄무늬셔츠를 입은 그는 서류철 같은 것을 한 쪽 팔에 끼고 있었다.

"안녕하십니까." 출입문을 닫은 그가 말했다. "두 분께서 저에게 하실 말씀이 있다고 들었습니다만."

"회장님, 저희는 자살클럽에 가입하고 싶습니다." 대령이 대답했다.

회장은 잎담배 연기 한 모금을 길게 뿜어냈다.

"그게 무슨 말씀이죠?" 그는 뜻밖이라는 듯이 대꾸했다.

"부탁드립니다." 대령이 말했다. "저는 회장님을 저희에게 클럽가입문제와 관련된 핵심정보를 제공해주실 최적임자로 믿습니다."

"제가요?" 회장이 소리쳤다. "자살클럽이라뇨? 이런, 여보시오들! 이 모임은 그저 만우절을 즐기는 모임일 뿐이외다. 물론 지금 저 신사들에게 술을 더 제공해서 만취하게 만들 수도 있지만, 나는 곧 이 모임을 파할 생각이요."

"당신의 클럽회원들을 불러주시오." 대령이 말했다. "저 문 뒤에 있는 회원들을 말이요. 우리는 반드시 클럽에 가입해야겠습니다."

"선생들." 회장이 퉁명스럽게 대꾸했다. "두 분께선 지금 오해하고 계시오. 여긴 일반 가정집입니다. 그러니까 어서 여기를 나가주셔야겠습니다."

그러자 대령은 이 짧은 대화가 이어지는 동안 말없이 의자에 앉아있던 왕자를 건너다보더니 다시금 회장을 재촉했다. "대답만 해주시면 물러나겠으니, 어서 대답해주세요!"

그때 왕자도 입에 물고 있던 잎담배를 빼들고 말을 보탰다. "나는 당신들의 친구로부터 초대를 받고 여기로 왔소. 그 친구는 당신들의 모임에 참석하기를 원하는 나의 의지를 당신들에게 분명히 전달했을 거외다. 나 같은 처지에 있는 사람이라면 그 친구를 윽박질렀을 리도 거의 없겠지만, 그렇다고 심한 결례를 그냥 두고 볼 리도 결코 없다는 사실을 알아주시기 바라오. 나는 평소에 말을 거의 하지 않는 사람이올시다. 그래서 말씀드리건대, 존경하는 회장님께선 혹시라도 내가 문제를 일으킬까봐 우려하시는지 모르겠습니다만, 나는 결코 그렇게 가벼운 입을 가진 사람이 아니라는 것을 알아주시기 바라외다. 그러니까 만약 나를 클럽회원으로 받아들이기를 거부하신다면, 필시 매우 쓰라리게 후회하실 거라고 말씀드리고 싶소이다."

회장은 큰 소리로 웃었다.

"말씀을 들어보니 당신은 분명 사나이로군요." 회장이 말했다. "당신은 나의 의도를 잘 아시는 분 같으니 나와 함께 일을 도모할 수도 있겠소이다." 그리고 회장은 제럴딘을 보며 말했다. "당신은 이 자리를 몇 분만 비워주시겠소? 나는 당신의 동료와 하던 대화를 마무리해야 하고, 클럽의 정식가입절차들 중에는 개별면담과정도 있으니까 말이외다."

그리고 회장은 집무실에 딸린 작은 서재의 문을 열어 대령을 들여보내고 문을 닫았다.

"나는 당신을 믿습니다." 회장이 플로리즐에게 말했다. "그런데 당신은 당신의 친구를 믿습니까?"

"그 친구에게는 이곳에 와야 할 더욱 합당한 이유들이 있지만, 나 자신만큼은 그 친구를 못 믿소이다." 왕자가 대답했다. "그래도 그 친구를 안심하고 여기로 데려와도 충분한 이유가 있지요. 그 친구는 목숨마저 포기하고 싶어 할만 일을 겪었으니까요. 언젠가 그 친구는 노름판에서 속임수를 썼다는 누명을 쓰고 억울하게 쫓겨났다더군요."

"제가 볼 때도 그런 이유라면 합당하겠군요." 회장이 말했다. "우리 클럽에도 그런 사람이 적어도 한 명은 있는데, 나는 그를 신뢰하지요. 그렇다면 혹시 당신도 군대에서 복무하셨나요?"

"그랬기는 했소." 왕자가 대답했다. "하지만 내가 워낙 게을러서 일찌감치 전역해버렸소이다."

"당신이 삶에 환멸을 느낀 이유는 무엇인가요?" 회장이 질문했다.

"아무리 생각해봐도 그게 전역한 이유와 똑같아요." 왕자가 대답했다. "순전한 게으름이죠."

회장은 어깨를 으쓱하며 말했다. "그……런 말씀 마시오. 당신은 게으름보다 더 나은 무언가를 지닌 분이 틀림없으니까요."

"이제 나에겐 돈도 없소이다." 왕자가 덧붙였다. "이것도 의심할 여지없는 고민거리요. 그게 나의 무기력감을 극심하게 만드니까요."

회장은 이 비상한 신참의 눈을 직시하며 잎담배를 몇 초간 깊숙이 빨았다가 연기를 뿜어냈다. 그러나 왕자는 아주 태연스럽고 침착한 태도로 회장의 집요한 시선을 상대했다.

"만약 내가 경험을 많이 해보지 않았다면 말이오." 이윽고 회장이 말했다. "나는 당신을 돌려보냈을 것이오. 하지만 나는 세상을 잘 알아요. 나의 경험으로 미루어보면, 가장 하찮은 자살용 핑계들이 가장 흉악한 자살방조용 핑계들로 악용되는 경우가 드물지 않습니다. 그래서 나는 솔직히 귀하 같은 분께 호감을 느끼면 그런 분을 내치느니 차라리 규칙을 어길 겁니다."

그리하여 왕자와 대령은 차례로 장시간에 걸쳐 특별한 심사를 받았는데, 그 과정에서 왕자는 혼자 심사받았지만, 대령은 왕자가 배석한 상황에서 심사받았다. 회장은 대령에게 꼬치꼬치 캐물었고, 대령은 열심히 답변했는데, 회장은 그런 대령의 답변을 들으면서도 배석한 왕자의 표정변화를 관찰했을 것이다. 결과는 만족스러웠다. 회장은 소지하고 있던 서류철에 세부적인 몇 가지 사항들을 기록하더니 일종의 가입선서식 같은 의례를 주관했다. 일찍이 유래가 거의 없을 만치 강압적이고 엄중한 용어들로 작성된 선서문은 선서인에게 철저한 복종을 강요하는 것이었다. 그토록 무시무시한 선서를 하여 권리를 몰수당한 사람은 한 조각 명예도 종교적 위안거리도 간직하기 어려웠다. 하지만 플로리즐은 태연하게 과감히 선서문에 서명했다. 엄청난 절망감에 휩싸인 대령도 어쩔 수 없이 왕자를 따라 서명할 수밖에 없었다. 그리고 두 사람으로부터 입장료를 받은 회장은 곧장 두 사람을 자살클럽의 흡연실로 안내했다.

회장집무실과 마찬가지로 흡연실의 천장도 높았지만 넓이는 더 좁았고, 벽면들에는 천장에서 바닥까지 참나무판목무늬 벽지가 발려있었다. 자욱한 담배연기 사이로 활활 타는 난로불빛이 회원들의 모습을 비추었다. 왕자와 대령은 흡연실에 있는 자들이 18명은 된다고 생각했다. 그 패거리의 대부분은 담배를 피우고 샴페인을 마시며 시끄럽게 떠들어댔는데, 두 사람에게 그들은 낯설다 못해 차라리 귀신들처럼 보였다.

"회원은 이들이 전부요?" 왕자가 물었다.

"절반쯤 모인 셈이지요." 회장이 말했다. "그건 그렇고, 두 분께서 돈을 조금 더 내신다면 샴페인 몇 병을 드릴 수 있습니다만. 그러면 두 분께서는 기분전환도 하실 수 있을 테고 저에게는 약간의 부수입이 생깁지요."

"해머스미스." 플로리즐이 말했다. "샴페인은 자네에게 맡기겠네."

그리고 왕자는 몸을 휙 돌려 흡연실의 손님들 사이를 돌아다니기 시작했다. 최고급 사교모임의 주인역할에 익숙한 왕자는 모든 사람의 환심을 샀고 대화를 주도했다. 왕자의 언행에는 상대방을 단번에 굴복시킬 수 있는 권위적인 무언가가 내포되어있었다. 놀라울 정도로 침착한 왕자의 태도는 이런 반미치광이들의 패거리에서 의외의 매력을 발산했다. 눈과 귀를 기민하게 작동시키며 이 사람 저 사람 사이를 옮겨 다니던 왕자는 얼마 지나지 않아 그곳에 모인 사람들의 유형을 파악하기 시작했다. 여느 유흥모임에서나 그렇듯 이 모임을 점령한 자들의 유형도 한 가지였다. 그들은 겉보기로는 나름의 지성과 감성을 겸비한 듯이 보이지만 장래에 확실히 성공할 만한 실력이나 재능은 거의 구비하지 못한 청년들이었다. 서른을 넘긴 자는 거의 없었고 10대로 보이는 자들도 적잖았다. 그들 중 어떤 치들은 우두커니 서있거나 탁자에 걸터앉거나 흡연실을 이리저리 걸어 다녔다. 어떤 치들은 놀랍도록 급하게 담배를 빨아대다가 다 피우지도 않고 재떨이에 그냥 던져두기도 했다. 또 어떤 치들은 대화에 열중했지만, 그런 대화라는 것들도 잔뜩 긴장된 기분에서 비롯되어 하나같이 재미도 없고 무의미했다. 그런 와중에 새로 나온 샴페인 병뚜껑들이 뽑히자 흡연실은 아예 난리법석으로 변했다. 단 두 사람만 자리를 지키고 앉아있었다. 한 사람은 흡연실 한 쪽 벽면의 움푹 들어간 창문 옆 의자에 걸터앉아 두 손을 바지주머니 깊숙이 꽂아 넣고, 파멸한 영혼과 육신을 버거워하는 창백한 얼굴로, 취기와 땀에 찌든 머리통을 꾸벅거리고 있었다. 벽난로 옆의 기다란 소파에 앉아 있는 다른 한 사람은 나머지 모든 사람과 확연히 다른 외모를 가져서 유별나게 눈길을 끌었다. 그는 마흔 살쯤 되어보였지만, 다른 치들에 비하면 열 살밖에 더 많게 보이지 않았다. 플로리즐 왕자는 그를 보며 '저토록 소름끼치는 외모를 타고난 데다 질병과 파괴적인 격분들에 휩싸여 황폐해 보이기마저 하는 남자는 생전 처음 보는군'이라고 생각했다. 그는 피부와 뼈밖에 남지 않은 반신불수에다가 비상한 기운을 발산하는 안경을 썼는데, 그 안경 때문에 그의 두 눈은 심하게 과대해지고 왜곡되어보였다. 그는 왕자와 회장을 제외하면 흡연실에서 평소처럼 침착한 태도를 잃지 않은 유일한 사람이었다.

자살클럽회원들 사이에서는 예의라고는 찾아볼 수 없었다. 그들 중에는 자신들을 결국 죽음의 피신처로 기어들 수밖에 없도록 만든 자신들의 치욕적인 행위들을 큰소리로 자랑해대는 치들도 있었고, 그들의 말을 묵묵히 듣기만 하는 치들도 있었다. 그곳에는 도덕적 판단들을 거부하는 어떤 묵계 같은 것이 있어서 클럽의 가입 절차를 통과한 자들은 누구나 무덤 속에서만 허용되는 면책특권 같은 것을 이미 누리고 있는 셈이었다. 그들은 서로의 추억과 회한을 위해 건배했고 과거의 유명한 자살자들을 위해 건배했다. 그들은 죽음에 대한 갖가지 견해들을 피력하고 비교하여 발전시켜서 마침내 어떤 선언을 하기도 했지만, 그것은 암울과 침묵만 불렀을 따름이다. 또한 그날 밤 각자 운세를 점치며 위대한 죽음과 교신한다고 착각하여 희망에 부푸는 치들도 있었다.

"가장 모범적인 자살자 트렝크 남작[5]을 영원히 기억합시다!" 한 사람이 외쳤다. "그는 비좁은 감옥을 벗어나 더 비좁은 감옥으로 들어갔으므로 다시금 자유로워질 것이오."

---

5   Baron Trenck: 본명이 프란츠 트렝크(Franz von der Trenck, 1711~1749)인 오스트리아의 군인이다. 이탈리아 반도 최남단의 도시 레쬬(Reggio)에서 오스트리아 시민권을 가진 프로이센의 장군 이반 트렝크(Ivan Trenck)의 아들로 태어난 프란츠 트렝크의 성정은 거칠며 과격했다고 전해진다. 오스트리아 왕위 계승전쟁(1740~1748)에 참전한 프란츠 트렝크는 생포된 프로이센 국왕의 탈출을 허용한 죄목으로 투옥되었다가 1749년 감옥에서 음독자살했다.

트렝크 남작(1742년)

"나의 동지들이여!" 다른 사람이 말했다. "나는 나의 두 눈을 가리는 헝겊과 나의 두 귀를 가리는 장막을 이제 더는 원치 않소. 그것들만 가지고는 이 세계를 결코 가리지 못하기 때문이오."

세 번째 사람은 미래국가에서 영위될 삶의 수수께끼들을 풀어야 한다고 주장했다. 네 번째 사람은 자신이 다윈 씨[6]를 믿고 싶은 유혹에 빠지지 않았다면 자살클럽에 결코 가입하지 않을 것이라고 주장했다. 이 주목할 만한 자살후보자는 다음과 같이 덧붙였다.

"나는 원숭이를 나의 조상으로 도무지 인정할 수 없었소이다."

왕자는 이런 지경의 회원들과 어울리고 대화하며 실망감에 휩싸였다.

'그건 내가 볼 때 그다지 까다로운 문제는 아닌데.' 왕자가 생각했다. '자살하기로 결심한 사람이 있다면, 신사답게, 신의 이름으로 그리하게 내버려두면 그만이지. 이런 난리법석이나 거창한 토론 따위가 무슨 소용이람.'

그동안 제럴딘 대령은 극심한 불안과 걱정에 사로잡혀 있었다. 클럽 자체와 클럽규칙들은 여전히 수수께끼들이라서 그는 자신의 불안한 심경을 털어놓을 만한 사람을 찾아 흡연실 안을 두리번거렸다. 그때 강렬하게 빛나는 안경을 쓴 그 반신불수가 대령의 눈에 들어왔다. 지나치리만치 조용한 반신불수를 바라보던 대령은 흡연실을 연신 들락거리며 부업에 여념 없는 회장을 붙들고 반신불수 신사를 소개해달라고 애원하듯 부탁했다.

장사꾼 회장은 클럽 안에서는 그런 귀찮은 절차들을 하나도 지킬 필요가 없다고 설명했지만, 그래도, 하여간, 해머스미스 씨를 맬

---

6   Mr. Darwin: 이 사람은 자연진화론을 주창한 브리튼의 자연과학자 찰스 다윈(Charles Darwin, 1809~1882)을 가리킨다.

서스 씨에게[7] 소개해주었다. 맬서스 씨는 신기하다는 듯이 대령을 바라보다가 대령에게 자신의 오른편에 앉으라고 청했다.

"당신은 신참이군요." 맬서스 씨가 말했다. "알고 싶은 게 있습니까? 물론 기본적인 사항은 아시겠지만 말입니다. 제가 이 매력적인 클럽을 처음 방문한 지도 어언 2년이 흘렀군요."

대령은 안도의 한숨을 내쉬었다. 맬서스 씨가 지난 2년 동안 이 곳을 자주 방문했다면, 왕자가 단 하루저녁 여기에 머물러도 그다지 위험하지는 않을 성싶었기 때문이다. 그러나 제럴딘은 아직 완전히 안심하지 못했는데, 자신이 속고 있지 않나 의심스러워지기 시작했기 때문이다.

"우와!" 대령이 소리쳤다. "2년이라니! 저는 여태껏 들은 말을 농담으로 생각했어요. 진짜 농담인 줄 알았다니까요."

"전혀 그렇지 않아요." 맬서스 씨가 부드럽게 대답했다. "저의 경우는 특별하죠. 정확히 말하면, 저는 자살후보자가 전혀 아닙니다. 요컨대, 저는 명예회원이지요. 지난 두 달간 저는 클럽을 두 번도 방문하지 않았습니다. 저의 건강도 좋지 않을뿐더러 회장님께서도 아량을 베풀어주신 덕분에 제가 이런 자그마한 면책특권들을 누리는 거죠. 그래서 회비를 조금 더 내긴 합니다. 그래도 제가 누려온 행운은 놀라운 것이었어요."

---

7   Mr. Malthus: 이 사람은 유명한 『인구론(An Essay on the Principle of Population)』을 쓴 브리튼의 경제학자 토머스 로버트 맬서스(Thomas Robert Malthus, 1766~1834)가 아니라 같은 성씨를 가진 등장인물이다.

"실례될지도 모르겠습니다만." 대령이 말했다. "선생님께 더 노골적인 질문을 드리고 싶습니다. 제가 클럽의 규칙들을 아직도 완전히 숙지하지 못했다는 사실도 선생님께서 기억해주시면 좋겠습니다."

"당신처럼 죽음을 찾아서 이곳에 온 일반회원이 있어요." 반신불수가 대답했다. "그 사람은 운명이 자신을 반길 때까지 매일 저녁마다 이곳을 방문합니다. 그는 심지어 무일푼일 때조차 회장님께서 제공하는 방에서 숙식을 해결할 수 있죠. 물론 그 방은 화려하진 않아도 아주 쾌적하고 깨끗하다고 나는 믿습니다. 제가 낸 (굳이 표현하자면 하여간) 기부금도 크게는 아니라도 미미하게는 도움이 되었겠지요. 그리고 회장님의 부하들도 온정을 보탰을 겁니다."

"그런 사람이라니!" 제럴딘이 소리쳤다. "저는 그런 사람을 별로 좋아하지 않습니다만."

"아!" 맬서스 씨가 말했다. "당신은 그를 모르는군요. 세상에서 가장 익살스러운 친구! 비할 데 없는 이야기꾼! 지독한 냉소주의자! 그는 인생을 아주 잘 알고, 그래서 우리끼리만 말하건대, 어쩌면 그는 기독교 세계에서 가장 심하게 타락한 부랑자일 겁니다."

"그렇다면 실례를 무릅쓰고 여쭙겠습니다만." 대령이 질문했다. "그도 혹시 선생님처럼 종신회원인가요?"

"맞아요. 그도 종신회원입니다. 하지만 저의 경우와는 전혀 다른 의미에서 그렇지요." 맬서스 씨가 대답했다. "저는 여태껏 유유자적하게 활동했지만 그래도 끝까지 회원으로 남을 겁니다. 그는 지금 무위도식하지 않습니다. 클럽에서 카드 패를 섞어 돌리는 딜러노릇을 하거나 각종 심부름을 하기도 합니다. 친애하는 해머스미스 씨, 그는 아주 기발한 영혼의 소유자랍니다. 지난 3년간 그는 런던에서 나름대로 유익한 일, 그리고 저의 견해로 미뤄보자면, 예술적인 직업에 종사했습니다. 그건 한동안 세간을 떠돌던 의심스러운 풍문과는 전혀 다른 사실이죠. 나는 그를 진심으로 믿습니다. 당신은 6개월 전 어느 약국에서 한 신사가 느닷없이 독약을 마셔버린 유명한 사건을 틀림없이 기억하시겠죠? 그건 그가 생각할 수 있는 가장 저렴하고 가장 조용한 자살방법이었죠. 더구나 그것은 참으로 간단한 방법이었습니다! 그리고 참으로 안전한 방법이었습니다!"

"놀랍군요." 대령이 말했다. "그 불행한 신사가 바로 그들……" 여기서 잠시 머뭇거리던 대령이 말했다. "희생자들……" 여기서 또 잠시 생각하던 대령이 표현을 바꿔 말했다. "클럽회원들 중 한 명이었습니까?"

그런 동시에 대령은 맬서스 씨가 마치 죽음을 사랑하는 자처럼 침묵에 빠진 듯이 보인다고 불현듯 생각했다. 그리고 대령은 서둘러 말했다.

"하지만 저는 제가 아직 어둠 속에 있다고 느낍니다. 선생께서는 카드 패를 섞어 돌리는 일에 관해 말씀하셨는데, 최종적으로 무엇을 기대하시는 겁니까? 그리고 선생께서는 다른 누구보다도 죽음을 꺼려하시는 분으로 보이는데, 선생께서 이 클럽에 오신 까닭을 저는 도무지 모르겠습니다."

"당신은 분명히 당신이 어둠 속에 있다고 말했습니다." 맬서스 씨가 더 힘차게 말했다. "친애하는 분이여, 그 까닭은 이 클럽이 바로 도취의 전당이기 때문입니다. 저의 허약해진 건강이 도취의 흥분에 더 자주 기댈 수 있다면 당신도 여기서 그런 흥분에 의지할 수 있을 테고, 그러면 저는 여기를 더 자주 방문하겠지요. 어쩌면 저의 마지막 유흥이라고 할 만한 이 도취에 제가 과도하게 심취하지 않으려면 저의 허약한 건강을 보전하기 위한 오랜 습관과 신중한 식이요법에서 비롯된 모든 의무감을 엄수해야 합니다. 저는 그런 의무감들에 질려버렸어요, 선생." 맬서스 씨는 제럴딘에게 가까이 다가가 앉더니 제럴딘의 팔에 손을 얹으며 말을 이었다. "그 모든 의무감이 저를 진저리치게 합니다. 그래서 저의 명예를 걸고 당신에게 단언하거니와, 저는 여태껏 그 의무감들 중 어떤 것도 심하게 거짓부렁으로 과장하지 않았습니다. 사람들은 사랑을 하찮게 여기지요. 물론 지금 저도 사랑이 강렬한 정염이라는 것을 부정합니다. 두려움이야말로 강렬한 정염(情炎)이지요. 당신이 세상에서 가장 강렬한 삶의 희열들을 맛보기를 원한다면 당신은 두려움을 하찮게 여겨야 할 겁니다. 그러니까 저를 부러워하시오…… 저를 부러워하란 말입니다, 선생." 그리고 잠시 낄낄 웃던 맬서스 씨가 말했다. "저는 비겁한 겁쟁이요!"

제럴딘은 이토록 애처로운 겁쟁이를 밀쳐버리고 싶은 충동을 억

누르기 힘들었다. 하지만 가까스로 충동을 자제한 제럴딘은 질문을 계속했다.

"그렇다면 선생, 그런 도취의 흥분을 인위적으로 얼마나 지속시킬 수 있죠? 또한 거기엔 어떤 불확실한 요소가 있나요?"

"이제 어쩔 수 없이 저는 매일 저녁마다 희생자가 선정되는 과정을 당신에게 설명해드릴 수밖에 없겠군요." 맬서스 씨가 대답했다. "물론 그런 희생자뿐 아니라 클럽회원들을 대신할 도우미가 될 또다른 회원과 희생제를 주관할 죽음의 사제도 선정되지요."

"맙소사!" 대령이 말했다. "그렇다면 그들끼리 서로 죽여요?"

"자살을 망설이는 고민은 그런 식으로 제거되는 거죠." 맬서스 씨가 고개를 끄덕이며 대답했다.

"오, 이런 세상에!" 대령이 갑자기 외쳤다. "그렇다면 당신도······ 저도······ 어쩌면 저의 친구도······ 그러니까 우리들 중 누군가가 오늘밤 타인의 육신과 불멸할 영혼을 살해할 살인자로 선정될 수 있다는 말인가요? 어떻게 인간의 탈을 쓴 자들 사이에서 그런 짓들이 자행될 수 있다는 말입니까? 오! 그건 세상에서 가장 파렴치한 짓입니다!"

그렇게 공포감에 휩싸여가던 대령의 눈이 왕자의 눈과 딱 마주쳤다. 흡연실에서 대령의 맞은편에 앉아있던 왕자의 위압적이고 성난 시선은 대령에게 고정되어있었다. 그러자 대령은 곧 평정심을 되찾았다.

"아무튼." 대령이 말했다. "그리 못할 까닭도 없겠죠? 당신도 그건 재미있는 오락, 즉 볼만한 구경거리라고 말씀하셨으니…… 저도 클럽에 동참하겠습니다!"

맬서스 씨는 자신의 설명을 듣고 놀라거나 불쾌해진 대령의 반응들을 빈틈없이 관찰하며 즐기는 듯했다. 음흉한 허영심을 지닌 맬서스 씨는 자신의 말에 진지하게 반응하는 사람을 보면 마음속으로 쾌감마저 느꼈다. 그런 순간에도 그는 자신은 완전히 타락해도 그런 감정적 반응들은 자제할 줄 안다고 내심 자부했다.

"당신은 처음에는 무척 놀랐지요." 맬서스 씨가 말했다. "하지만 이제는 우리의 모임에서 즐거움들을 찾을 만큼 발전했군요. 당신은 우리의 모임이 도박판에서, 결투장에서, 로마의 원형경기장에서 느낄 수 있는 흥분을 포함한다는 사실도 알 수 있을 겁니다. 이교도들은 그런 흥분을 충분히 만끽했지요. 저는 그들의 정신들이 지녔던 예민성을 진심으로 동경합니다. 하지만 기독교 국가에서는 여태껏 이토록 짜릿한 흥분의 극치, 핵심, 궁극을 만끽하는 일이 억제되었지요. 이런 흥분의 진미를 맛본 사람에게는 다른 모든 흥미진진한 것이 지루하기 그지없어진다는 사실을 당신도 이해하게 될 겁니다. 우리가 즐기는 오락은 지극히 단순합니다. 여기 카드 한 벌이 있는데…… 카드놀이를 직접 하시다보면 방법은 금방 이해하실 겁니다. 그러면 저를 좀 부축해주시겠습니까? 불행히도 저는 하반신을 못 쓰니까요."

그런데 맬서스 씨가 이런 설명을 시작했을 즈음 흡연실의 또 다른 여닫이문이 열렸고, 회원들은 모두 그 문을 통해 다소 서두르듯이 옆방으로 이동하기 시작했다. 옆방의 모든 것은 흡연실의 것들과 비슷했지만 가구배치는 약간 달랐다. 옆방의 중앙에는 기다란 녹색 탁자 한 개가 놓여있었다. 클럽회장은 탁자 둘레의 의자들 중 상석에 해당하는 의자에 앉아 카드 한 벌을 두 손으로 매우 꼼꼼하고 신중하게 섞고 있었다. 지팡이까지 짚은 맬서스 씨는 대령의 부축을 받으며 옆방으로 힘겹게 걸어갔다. 이 두 사람과 왕자를 제외한 모든 회원은 이미 의자를 하나씩 차지하고 앉아 세 사람을 기다리고 있었다. 그 결과 세 사람은 클럽회장의 맞은편 의자들에 나란히 앉았다.

"카드는 모두 52장입니다." 맬서스 씨가 대령에게 속삭였다. "스페이드(♠)에이스 카드는 죽음의 표식이고, 클럽(♣)에이스 카드는 밤의 자살도우미를 가리킵니다. 젊은 친구들이여, 부디 행운을 누리기 빌겠소!" 그리고 맬서스 씨가 덧붙였다. "당신들은 좋은 시력을 가졌으니 잘할 수 있을 게요. 하지만 슬프게도! 나는 각자에게 돌려질 카드 두 장 중 어느 것이 에이스인지 모릅니다."

맬서스 씨는 안경을 벗어 유리를 닦고 다시 끼더니 말했다.

"그래도 나는 사람들의 표정만큼은 분명히 간파할 수 있소."

대령은 명예회원 맬서스 씨로부터 들은 모든 설명과 함께, 자신들이 받을 카드 두 장이 양자택일해야 할 끔찍한 것들이라는 사실까지 왕자에게 급히 전달했다. 왕자는 자신의 심장이 얼어붙는 듯이 오싹한 기분을 느꼈다. 마른 침을 삼킨 그는 미로를 헤매는 사람처럼 주위를 두리번거렸다.

"다시 한 번 더 간청합니다." 대령이 왕자에게 속삭였다. "우리는 아직 여기를 벗어날 수 있습니다."

그러나 대령의 간청은 왕자의 호기심을 자극하고 말았다.

"그만하게!" 왕자가 말했다. "나는 말이야, 어떤 상황에서도, 아무리 위험한 처지에서도, 신사답게 처신하는 자네의 모습을 보고 싶다네."

왕자는 여전히 태연자약한 표정으로 대령에게 말했지만, 사실 왕자의 심장은 격하게 뛰었다. 왕자는 자신의 가슴속에서 치솟는 불쾌한 흥분을 의식했다. 회원들 모두가 말없이 진지했다. 그들의 얼굴은 창백했지만 맬서스의 씨의 창백한 얼굴에는 비할 바가 못 되었다. 맬서스 씨의 두 눈알은 툭 튀어나왔고 그의 머리통은 그의 등뼈 위에 얹혀 무의식적으로 흔들렸다. 그의 두 손도 불안한 듯이 번갈아 그의 입을 만지다가 떨리는 잿빛 입술을 비틀어 쥐곤 했다. 이 명예회원은 자신의 회원자격을 아주 놀라운 방식으로 즐기는 게 분명했다.

"여러분, 주목해주시기 바랍니다." 회장이 말했다.

그리고 회장은 시계 반대방향으로 카드를 천천히 돌렸고, 회원들이 자신의 카드를 뒤집어 공개할 때까지 잠시 기다려주었다. 거의 모든 회원은 카드를 선뜻 뒤집지 못하고 망설였다. 카드를 뒤집으려다 말기를 몇 번이나 반복한 끝에 중대한 결단을 내리듯이 카드를 뒤집는 회원도 있었다. 왕자는 자신의 차례가 가까워지자 격심하게 흥분하여 거의 질식할 지경이었다. 하지만 왕자는 도박꾼 기질도 약간 타고난 위인인지라 자신의 흥분된 감정들에 섞인 쾌감을 느끼면서도 내심 거의 소스라칠 만큼 놀라기도 했다. 왕자가 받은 카드는 클럽9였다. 제럴딘의 카드는 스페이드3이었다. 하트퀸을 받은 맬서스 씨는 안도의 숨을 헐떡였다. 곧이어 크림파이 청년은 자신이 뒤집은 카드가 클럽에이스로 판명나자 카드를 손에 쥔 채로 공포에 질려 얼어버렸다. 청년은 그곳에 사람을 죽이러 오지 않고 죽으러 왔기 때문이다. 왕자는 그런 청년의 처지를 진심으로 가엾게 여기느라 정작 자신과 대령에게 다가오는 위험은 거의 망각하고 있었다.

회장은 다시 카드를 돌리기 시작했다. 아직 죽음의 카드는 나오지 않았다. 다들 심호흡을 한 번씩 했다. 아무리 숨이 막혀도 딱 한 번씩밖에 하지 않았다. 왕자는 또 다른 클럽(♣) 카드를 받았고 제럴딘은 다이아몬드(◆) 카드를 받았다. 그러나 맬서스 씨는 입술을 부들부들 떨다가 깊은 한숨을 내쉬며 하반신마비증세도 잊은 듯이 의자에서 벌떡 일어섰다가 풀썩 주저앉았다. 그가 받은 카드가 바로 스페이드에이스였다. 그 명예회원은 조금 전까지도 자신의 두려움을 하찮게 여기다 못해 즐기기마저 하던 사람이었다.

그리됨과 거의 동시에 대화가 시작되었다. 회원들은 긴장을 풀고 의자에서 일어나 두세 명씩 어울려 느긋하게 흡연실로 걸어갔다. 회장은 일과를 끝낸 사람처럼 기지개를 켜며 하품했다. 하지만 맬서스 씨는 의자에 그대로 앉아서 두 손으로 머리카락을 쥐어뜯거나 탁자를 내리치거나 술에 만취한 듯이 또는 무언가에 머리를 강타당한 듯이 멍하게 가만히 있기도 했다.

왕자와 대령은 곧바로 그 자리를 빠져나갔다. 그토록 싸늘하고 암울한 분위기에서는 그들이 목격한 것에 대한 혐오감만 심해졌기 때문이다.

"참으로 슬프네!" 왕자가 탄식했다. "그 끔찍한 선서가 강행되다니! 이런 집단살인행각이 돈벌이수단으로 이용되면서도 아무 처벌도 받지 않고 지속될 수 있다니! 아무래도 나는 내가 했던 선서를 취소해야겠어!"

"전하께서 그리하시면 안 됩니다." 대령이 말했다. "전하의 명예는 보헤미아의 명예이기 때문입니다. 하지만 저는 어느 정도 명예를 지키면서도 선서를 취소할 수 있을 겁니다."

"제럴딘." 왕자가 말했다. "자네가 나를 따라 뛰어든 모험들 때문에 자네의 명예가 실추되더라도 나는 결코 자네에게 용서를 구하지도 않을 것이고 …… 내가 믿는 것은 자네를 훨씬 현명하게 만들어줄 것이니 …… 나 자신도 결코 용서치 않을 것이네."

"저는 전하의 명령을 봉행할 따름입니다." 대령이 말했다. "그러려면 우리가 이 저주받은 장소를 벗어나야 하지 않겠습니까?"

"그래야지." 왕자가 말했다. "어서 빨리 마차를 부르게. 그리고 오늘밤의 이 추악한 기억은 잠을 자면서 잊어야겠어."

하지만 왕자는 떠나기 전에 그 저택의 명호를 자세히 읽고 기억해두었다.

이튿날 아침 왕자가 잠을 깨자마자 제럴딘 대령은 왕자에게 조간신문을 가져다주었다. 신문에는 다음과 같은 기사가 실려 있었다.

"**우울한 사건** — 금일 새벽 2시경 웨스트번그로브 가(街) 쳅스토우플레이스[8] 16번지에 거주하는 바솔러뮤 맬서스 (Bartholomew Malthus) 씨가 친구 집의 파티에 참석하고 귀가하다가 트러팰거 광장의 높다란 둘레길 난간에서 광장 바닥으로 추락하여 두개골이 파열되고 팔다리가 골절되면서 즉사했다. 맬서스 씨는 그를 부축하던 친구가 마차를 잡으러 그의 곁을 잠시 비운 사이에 그런 불행한 사고를 당했다. 하반신불수이던 맬서스 씨는 그때 하필 발작한 또 다른 마비증세 때문에 난간에서 추락했다고 추정된다. 그 불행한 신사는 최고급사교모임들에서도 잘 알려진 사람이었으므로 많은 지인들이 그의 죽음을 깊이 애도할 것이다."

"돌이킬 수 없는 지옥으로 떨어진 영혼이 있다면," 제럴딘이 엄

---

8   Chepstow Place, Westbourne Grove: 런던 서부지역에 위치한 구역.

숙하게 말했다. "그것은 바로 그 반신불수남자의 영혼일 겁니다."

왕자는 두 손으로 얼굴을 감싸 쥐고 침묵했다.

"그런데 저는 그가 죽었다는 사실을 알고 거의 환호할 뻔했습니다." 대령이 말했다. "하지만 우리의 크림파이 청년을 생각하면 저의 가슴이 아파옵니다."

"제럴딘." 왕자가 얼굴을 들며 말했다. "그 불행한 사고가 자네와 나만큼 결백하던 지난밤에 발생했네. 그리고 오늘 아침 피를 부른 범죄가 그의 영혼을 빼앗아버렸어. 그 회장이라는 놈을 생각하면 나의 가슴이 쓰라려와. 내가 당장 무엇을 해야 할지 모르겠지만 만약 하느님이 계신다면 나로 하여금 그 악당을 용서할 수 있게 해달라고 기도하겠네. 아, 그 카드놀이가 그토록 어이없는 일이었다니! 그런 교훈을 담고 있었다니!"

"그런 일은 결단코 재발하면 안 됩니다." 대령이 말했다.

왕자는 어떤 결심을 굳히는 듯 한참 동안 침묵했다. 그때 제럴딘이 경고했다. "왕자님께서는 다시 그곳으로 가시면 안 됩니다. 왕자님께서는 이미 너무 많이 고심하셨고 또 너무 끔찍한 장면을 목격하셨습니다. 왕자님의 지위에 걸맞은 책무는 그런 위험한 놀이의 재발을 막는 것입니다."

"자네 말에도 충분히 일리가 있어." 왕자가 말했다. "그리고 나는 나의 결심에 결코 만족하지 않아. 참으로 슬퍼! 아무리 강대한 권력자도 결국은 일개인에 불과하잖은가? 제럴딘, 나는 나의 미약함을 지금보다 더 절실히 느낀 적이 없어. 나의 미약함이 나보다 더 강하단 말일세. 그러니까 몇 시간 전에 우리와 함께 저녁을 먹었던 불행한 청년의 운명에 대한 나의 관심을 어찌 끊을 수 있겠나? 회장 놈이 그토록 흉악한 짓거리들을 뻔뻔하게 계속하는 꼴을 내가 어찌 두고 볼 수 있겠나? 그놈이 저지르는 악행의 종지부를 찍지 않고 내가 어찌 또 다른 매혹적인 모험을 시작할 수 있겠나? 도저히 그리 할 수는 없어, 제럴딘. 자네는 나에게 '그놈이 저지른 짓보다 더 심한 악행을 왕자의 몸으로 저지르겠냐?'고 묻고 싶겠지. 그래도 오늘밤 우리는 다시 한 번 더 자살클럽의 탁자 앞에 앉을 거야."

대령은 무릎을 꿇었다.

"전하께서는 저를 죽이실 작정입니까?" 대령이 소리쳤다. "저의 목숨은 전하의 것…… 전하의 뜻에 달렸습니다. 하지만 이러시면 안 됩니다, 오, 제발 그만두시기를! 과연 저를 그토록 끔찍한 위험으로 내몰고 싶으신지 다시 한 번 생각해주소서."

"제럴딘 대령." 왕자는 다소 거만한 태도로 대답했다. "자네의 목숨은 오직 자네만의 것이네. 나는 단지 복종만 기대할 뿐이야. 물론 자네가 복종하기 싫다면 이제부터 나도 자네의 복종을 기대하지 말아야겠지. 한마디 덧붙이자면, 이번 일에 관해서 이제부터 자네는 어떤 잔소리도 더하지 말아야 할 것이네."

왕실거마장관은 단번에 무릎을 펴고 일어섰다.

"전하." 제럴딘이 말했다. "오늘 오후에 제가 왕자님을 모시지 않아도 괜찮겠습니까? 명예를 아는 남자인 저로서는 맡은 업무를 다 처리하기도 전에 죽음의 집으로 두 번째 모험을 떠날 수는 없기 때문입니다. 전하께서 저의 요청을 수락해주신다면, 전하의 가장 충직하고 믿음직한 신하는 앞으로 전하를 결코 반대하지 않을 것이라고 제가 장담하겠습니다."

"이보시게, 제럴딘." 왕자가 말했다. "자네가 나의 신분을 나에게 상기시킬 때마다 나는 유감을 느낀다네. 그렇다면 오늘 오후엔 자네의 뜻대로 업무를 보게나. 하지만 오늘밤 11시까지 어제와 똑같이 변장하고 이곳으로 와주게."

이날 밤에 왕자와 대령이 두 번째로 방문한 클럽에는 모든 회원이 참석하지 않았다. 둘이 클럽에 도착했을 때 흡연실 옆의 별실에 자리한 회원들은 대여섯 명을 넘지 않았다. 왕자는 회장의 바로 옆자리에 앉아서 회장에게 맬서스 씨의 사망소식을 전하며 열렬히 축하했다.

"나는 유능한 자와 교유(交遊)하기를 좋아하외다." 왕자가 말했다. "당신이 대단히 유능하다는 것을 나는 이번에 확실히 알았소. 당신의 직업은 아주 미묘한 성격을 지녔지만, 나는 당신이 그 직업을 성공적으로 비밀리에 완수할 만큼 충분히 유능하다는 것을 알았소이다."

회장은 자신보다 높은 지위에 있는 듯이 보이는 인물(왕자)로부터 이런 칭찬들을 듣고 약간 우쭐해졌다. 회장은 짐짓 겸손한 태도로 그 칭찬들을 거의 다 인정했다.

"가엾은 맬시!" 회장이 말했다. "저는 그가 없는 클럽을 예상조차 거의 못했습니다. 선생께서도 알다시피, 저의 고객들 대부분은 소년들, 특히 저의 단골들이 되기는 힘든 시인기질을 가진 낭만소년들이지요. 물론 맬서스 씨도 시 몇 편을 쓰기도 했습니다만, 그 시들은 저도 이해할 만한 것들이었죠."

"당신이 맬서스 씨를 동정했으리라는 것은 나도 충분히 상상할 수 있겠소." 왕자가 말했다. "그는 매우 창의적인 기질을 타고난 남자로 보였으니 말이오."

크림파이 청년도 별실에 앉아있었지만 괴롭고 우울한 표정으로 침묵을 지키고 있었다. 왕자와 대령은 그 청년을 대화에 끌어들이려고 애써봤지만 허사였다.

"저의 소망이 이토록 쓰라린 것이었다면." 청년이 갑자기 외쳤다. "저는 두 분을 이 치욕스러운 장소로 결코 데려오지 않았을 겁니다! 어서, 여기를 떠나세요. 선생님들의 손이 더러워지기 전에 어서요. 만약 두 분께서 그 노인이 난간에서 추락하며 내지르던 비명소리를, 그리고 단단한 광장바닥에 추락한 그의 뼈들이 부러지는 소리를 들으실 수 있었다면! 저를 위해 기원해주세요. 두 분께서 그렇게 추락사해버린 인간에 대한 일말의 연민이라도 느끼신다면…… 오늘밤 저에게 스페이드에이스가 낙착(落着)되기를 기원해주세요!"

---

9 Malthy: 맬서스의 별칭.

밤이 깊어지자 회원 몇 명이 더 도착했지만 그 악마의 카드놀이가 벌어질 탁자에 둘러앉은 회원들은 채 10명도 되지 않았다. 왕자는 자신이 느끼는 공포심들에 내재된 어떤 희열을 다시금 의식했다. 그런데 왕자는 어젯밤의 제럴딘보다 훨씬 더 침착해진 오늘밤의 제럴딘을 보고 놀랐다.

'이거 놀라운 걸.' 왕자가 생각했다. '어떤 의지가 새로 생겼든 이미 있었든, 하여간, 젊은 대령의 정신에 대단히 강력한 영향을 끼친 게 분명해.'

"여러분 주목해주세요!" 회장이 말하더니 카드를 돌리기 시작했다.

각자 카드를 3장씩 받을 때까지도 문제의 카드는 나타나지 않았다. 네 번째 카드가 돌려지기 시작하자 회원들의 흥분은 극에 달했다. 이제 카드는 한 바퀴 분량밖에 남지 않았다. 회장의 왼쪽으로 두 번째 자리에 앉은 왕자는 회장이 시계 반대방향으로 나눠줄 카드들 중 끝에서 두 번째 카드를 받도록 되어있었다. 회장의 오른쪽으로 세 번째 자리에 앉은 회원이 사악한 에이스…… 다름 아닌 클럽에이스를 받았다. 그다음 회원은 다이아몬드를 받았고 다음 사람은 하트를 받았다. 아직 스페이드에이스는 나오지 않았다. 어느덧 왕자의 왼쪽에 앉은 제럴딘도 카드를 받았는데, 그 카드는 에이스였지만, 하트에이스였다.

드디어 왕자의 앞에도 카드가 떨어졌다. 왕자는 자신 앞에 놓인 운명의 카드를 바라보면서도 여전히 침착했다. 그렇듯 왕자는 용감한 사나이였지만 그의 얼굴에는 땀방울이 맺히기 시작했다. 왕자가 사형선고를 받을 확률은 정확히 절반이었다. 왕자는 카드를 뒤집었고, 그것이 바로 스페이드에이스였다. 커다란 굉음 같은 것이 왕자의 두뇌를 집어삼켰고, 카드가 놓인 탁자는 왕자의 눈앞에서 요동쳤다. 왕자는 자신의 오른편에 앉아있던 회원이 터뜨린 환희와 실망이 뒤섞인 어정쩡한 웃음소리를 들었다. 왕자는 별실을 급히 빠져나가는 회원들을 보았지만 그의 마음속에는 다른 생각들이 가득했다. 왕자는 자신의 행동이 참으로 어리석으며 한심하기 짝이 없었다고 자인했다. 왕위계승자로서 완벽한 건강과 영예로운 청춘을 누리던 왕자가 이제 본인의 미래뿐 아니라 용감하고 충성스런 왕국의 미래마저 도박으로 날려버린 것이다. "하나님." 왕자가 외쳤다. "부디 저를 용서하소서!" 그리고 잠시 후 왕자의 감각적 혼란이 가셨고, 왕자는 냉정을 되찾았다.

왕자는 제럴딘마저 별실을 나가버렸다는 사실에 놀랐다. 그곳에는 이제 왕자와, 왕자의 운명을 결정할 카드를 받은 자살도우미, 그 도우미에게 귓속말로 조언하는 회장만 남았다. 그런데 조금 전에 마지막으로 그곳을 나가던 크림파이 청년은 발을 헛디딘 체하며 왕자에게 몸을 기울이고 속삭였다.

"저한테 백만 파운드가 있다면 선생님을 구명할 수 있을 텐데."

그리고 청년은 별실을 도망치듯 나가버렸기 때문에 왕자는 훨씬 더 적은 돈으로 자신의 목숨을 건질 기회를 구매할 수 있으리라고는 미처 생각조차 못했다.

자살도우미와 회장이 주고받던 귓속말을 드디어 끝냈다. 클럽에 이스 카드를 받은 자살도우미의 외모는 지식인다운 분위기를 자아냈다. 회장은 불행한 왕자에게 다가가서 악수를 청했다.

"저는 선생을 만나서 기쁩니다." 회장이 말했다. "그리고 선생께 이런 미미한 도움이나마 드릴 수 있어서 다행입니다. 적어도 선생께서는 시간을 조금 더 달라고 불평하시지는 않겠지요. 두 번째 밤에…… 행운을 잡으셨으니 말입니다!"

왕자는 무언가 대꾸할 말을 찾느라 필사적으로 노력했지만, 이미 왕자의 입은 바싹 마르고 혀도 마비된 듯이 보였다.

"몸이 불편하십니까?" 회장이 물으며 다소 걱정스러운 표정으로 왕자를 바라보았다. "신사님들께서는 대부분 그렇지요. 브랜디라도 한잔 하시겠습니까?"

왕자는 그리하겠다는 의향을 표시했다. 회장이 심부름꾼을 시켜서 가져온 브랜디 한잔을 받아 마신 왕자는 어느 정도 기운을 차렸다.

"가련한 늙은 맬시!" 왕자가 브랜디를 마시는데 갑자기 회장이 외쳤다. "그는 거의 500리터나 들이켰죠. 그것도 그에게는 한참 모자란 듯이 보였소!"

"나는 그자보다 더 흔쾌히 처분을 받아들인 셈이군요." 왕자는 기운을 상당히 차린 듯이 말했다. "지금의 나는 조금 전까지 당신이 알던 그 사람이 맞습니다. 그래서 묻습니다만, 나는 이제 어디로 가면 됩니까?"

"선생께서는 지금 이 방에 남아있는 신사를 다시 만날 때까지 스트랜드 가의 좌측인도를 따라 런던시청까지 쭉 걸어가시면 됩니다." 회장이 말했다. "거기서부터 그 신사가 선생을 안내할 텐데, 선생께선 그의 지시를 충실히 따라주시면 됩니다. 야간에는 클럽의 권위가 전적으로 그 신사에게 귀속되기 때문입니다. 자, 그러면 지금부터 선생께서는 유쾌한 산책을 즐기시기 바랍니다."

왕자는 하나마나한 눈인사를 거북스럽게 마지못해 하더니 흡연실로 걸음을 옮겼다. 왕자가 지나가는 흡연실에는 회원들 한 무리가 아직 샴페인을 마시고 있었는데, 그 샴페인 병들 중에는 왕자가 주문하고 값을 치른 것들도 있었다. 왕자는 그들을 보면서 자신이 내심 그들을 저주한다는 사실을 깨닫고 새삼 놀랐다. 왕자는 흡연실 옷장에 넣어둔 모자와 외투를 꺼내 착용하고 구석에 세워둔 우산을 집어 들었다. 왕자는 자신의 이런 익숙한 행동들과, 조금 전까지 자신이 하던 그들에 대한 생각마저, 자신의 귀에 불쾌하게 들리는 웃음소리 때문에 불편해하고 낯설어했다.

'괜찮아, 힘내야지, 나는 사나이란 말이야.' 왕자가 생각했다. '자, 빨리 이곳을 나가야지.'

왕자가 자살클럽을 나와서 박스코트의 어느 길모퉁이를 도는

10　Strand 街: 런던 중앙의 번화가.
11　Box Court: 19세기 런던에 있었을 것으로 추정되는 지명인데, 여기서는 자살클럽을 운영하는 집의 주소이다.

순간에 갑자기 나타난 세 남자가 왕자를 거칠게 밀어붙이더니 길에 대기하던 마차에 억지로 태웠다. 마차는 곧바로 질주하기 시작했고, 안에는 이미 한 사람이 타고 있었다.

"전하께서는 저의 충심을 가납하시겠나이까?" 왕자의 귀에 익숙한 목소리였다.

왕자는 구원자를 만난 듯이 흥분하여 대령의 목덜미를 와락 끌어안았다.

"내가 어찌하면 자네의 공로를 치하할 수 있겠나?" 왕자가 소리쳤다. "또 어떻게 이런 준비를 할 수 있었나?"

죽을 운명을 향해 서슴없이 행진한 왕자였지만 자신을 살리고 희망을 되찾아준 부하의 무례행위를 전혀 괘념치 않을 만큼 기쁘기 한량없었다.

"전하께서는 저를 충분히 감동시킬 만큼 치하하실 수 있습니다." 대령이 대답했다. "앞으로 그런 위험한 모험들을 감행하시지만 않으신다면 말입니다. 그리고 두 번째 질문에 답변 드리자면, 언제나 가장 단순한 방법이 최선의 방법이죠. 오늘 오후에 저는 유명한 탐정에게 의뢰해두었습니다. 비밀유지를 약속받고 의뢰비도 선불로 줬습니다. 원칙적으로 전하의 신하들만 이 일에 참여해야 하니까 말입니다. 박스코트의 그 집을 어둠이 감쌀 즈음 제가 전하의 마차들 중한 대를 근처에 대기시켜놓았는데, 그것이 바로 지금 전하께서 타고 계신 이 마차입니다. 저는 이 마차에서 거의 한 시간 동안이나 전하를 기다렸습죠."

"그러면 나를 살해할 그 파렴치한 놈…… 그놈은 어찌되었나?" 왕자가 캐물었다.

"그놈은 클럽을 나오자마자 저희한테 체포되어 압송되었습니다." 대령이 대답했다. "지금 그놈은 관저에 구금되어 전하께서 내리실 선고를 기다리고 있습니다. 공범자들도 곧 체포되어 그놈과 같은 신세가 될 겁니다."

"제럴딘." 왕자가 말했다. "자네는 나의 명백한 지시들을 어기면서까지 나를 구했네. 정말 잘했어. 나는 자네한테 구명지은(救命之恩)을 입었을 뿐 아니라 배운 것도 있다네. 내가 나의 스승에게 보은하지 않는다면 나의 위신도 추락하고 말겠지. 이제부터 자네가 선택하는 방법에 나를 맡기겠네."

여기서 두 사람은 잠시 침묵했다. 마차는 도로들을 계속 질주했고 두 사람은 각자의 상념에 빠졌다. 대령이 먼저 입을 열었다.

"전하께서는 이 시간부로 죄수들과 거의 같은 처지에 놓였습니다. 재판에 회부되어야 할 수많은 범죄자들 중 한 명일 수도 있다는 말입니다. 우리가 했던 그 빌어먹을 선서 때문에 우리는 법의 보호를 전혀 받을 수 없습니다. 또한 그 빌어먹을 선서가 무효로 판명되더라도 우리에게는 선택권이 전혀 없습니다. 전하께서는 어찌하실지 제가 여쭤 봐도 되겠습니까?"

"그건 이미 결정되었어." 플로리즐이 대답했다. "그 회장놈은 결투를 피치 못할 게야. 그러면 이제 그놈과 결투할 상대를 선발하는 문제만 남았군."

"전하께서는 이미 저를 치하하시느라 선발권을 저에게 허여하셨습니다." 대령이 말했다. "저는 저의 동생을 선발하고 싶은데 전하께서는 허락하시겠습니까? 결투는 고귀한 임무이지만, 저는 동생이 임무를 완수할 것이라고 전하께 감히 장담할 수 있습니다."

"자네는 나에게 무례한 부탁을 하는구면." 왕자가 말했다. "하지만 자네의 부탁을 거절할 마땅한 이유가 없으니 그리할 수밖에."

대령은 가장 큰 충심을 담아 왕자의 손에 입을 맞추었다. 그 순간 마차는 왕자의 화려한 관저로 진입하는 입구의 아치 밑을 통과하고 있었다.

한 시간 후 보헤미아의 격식을 완비한 관복을 착용한 플로리즐이 자신 앞에 대령(待令)한 자살클럽회원들에게 말했다.

"불운하게도 이렇듯 곤란한 처지에 내몰린 여러분들처럼 어리석고 위태로운 많은 사람들이 나의 신하들로부터 일자리와 보수를 지급받게 될 것이오. 죄의식에 짓눌려 괴로워하는 자들은 나보다 더 고귀하고 더 관대한 권력자에게 호소해야 할 것이외다. 나는 여러분이 상상할 수 있는 것보다 더욱 깊이 여러분 모두를 가엾게 여기고 있소. 내일 여러분들 각자는 자살클럽에 가입한 사연들을 나에게 이야기해주어야 할 것이오. 여러분이 솔직히 대답할수록 나도 여러분의 불행을 더 쉽게 구제해줄 수 있기 때문이오." 그리고 왕자는 회장을 응시하며 말했다. "내가 그대를 돕겠다고 제의하면 그대는 불쾌하게 받아들일 수밖에 없을게요. 그렇다면 나는 당신에게 한 가지 대안을 제시하겠소. 바로 이 사람이오." 왕자는 제럴딘 대령의 동생의 어깨에 손을 얹으며 말했다. "이 사람은 나의 신하로서 유럽대륙을 며칠간 여행하고 싶어 하오. 그래서 나는 그대도 이번 여행에 동행하기를 부탁하외다." 왕자는 말투를 바꾸고 계속 말했다. "그대는 권총을 잘 쏘지요? 하여간 그대는 그 일을 마무리하고 싶을 테니까. 두 사람이 함께하는 여행은 모든 준비를 갖출 최선의 기회일 것이외다. 한마디 더 하자면, 여행길에 그대가 불의의 사고로 저 젊은 제럴딘 씨를 잃더라도 나는 나의 식솔들 중 또 다른 사람을 그대가 원하는 곳으로 보내주겠다고 약속하겠소. 그리고 회장 씨, 그대는 나의 정보력이 나의 권력만큼 방대하다는 사실도 명심해야 할 거외다."

이렇게 말하는 왕자의 어조는 단호했다. 다음날 아침 자살클럽 회원들은 왕자의 관대한 처분대로 각자 적당한 일자리를 하사받았고, 회장은 제럴딘 씨의 감시를 받으며, 왕자의 저택에서 일하던 잘 훈련된 충직하고 기민한 하인 두 명과 함께, 여행을 시작했다. 이런 처분에 만족하지 않은 왕자는 신중하고 분별력 있는 대리인들을 박스코트의 집으로 보내 관리시켰고, 자살클럽으로 배달된 모든 서신, 그곳을 찾는 모든 방문자, 그곳과 관련된 모든 공무를 자신의 재가를 받아 처리하도록 지시했다.

(나에게 이 이야기를 들려준 아라비아인은 다음과 같이 덧붙였다.) "「크림파이를 나눠주는 청년 이야기」는 여기서 끝납니다. 그 청년은 지금 캐번디쉬 광장의 위그모어 가에[12] 거주하는 단란한 가족의 가장이 되었습니다. 분명한 이유들이 있으므로 저는 그의 정확한 주소를 함구하겠습니다. 플로리즐 왕자와 자살클럽회장이 나중에 겪은 모험들을 궁금하게 여기시는 분들께서는 「의사와 사라토가트렁크에 얽힌[13] 사연」을 읽어보시기 바랍니다."

---

12 캐번디쉬 광장(Cavendish Square)은 런던 중심부에 있는 광장이고 위그모어 가(Wigmore Street)는 캐번디쉬 광장과 연결된 대로이다.
13 Saratoga trunk: 커다란 여행가방.

의사와 사라토가트렁크에 얽힌 사연

단순하고 유순한 기질을 타고난 미국청년 사일러스 스큐다머 (Silas Q. Scuddamore)는, 신대륙의 일부라는 사실을 빼면 거의 알려진 것이 없는 뉴잉글랜드에서 태어났다는 사실 덕분에, 유럽에서는 오히려 더 큰 신망을 얻었다. 그는 엄청난 갑부였지만 언제나 휴대하고 다니는 작은 수첩에 모든 지출내역을 꼼꼼히 기록했다. 어느 날 그는 파리 카르티에라탱의 이른바 장기투숙객용 호텔 7층에서 파리의 매력들을 탐구해보기로 결심했다. 그의 인색함은 거의 습관적인 것이었다. 그를 아는 지인들 사이에서도 아주 유명했던 그의 인색함은 원래 숫기 없던 그의 청소년기에 시작된 것이었다.

그가 투숙하는 방의 옆방에는 귀부인 한 명이 투숙해 있었다. 호텔에 처음 도착한 스큐다머의 눈에 비친 귀부인은 아주 우아한 의상을 입고 대단히 매력적인 분위기를 자아냈다. 그래서 스큐다머는 그녀를 백작부인으로 생각했다. 얼마 후 스큐다머는 귀부인이 마담 제피린(Madame Zéphyrine)으로 호칭된다는 사실, 그리고 그녀의 실재신분과 그녀의 호칭은 무관하다는 사실을 알았다. 마담 제피린은 내심 미국청년을 유혹해보고 싶었던지 호텔 계단에서 청년과 마주치면 다소곳이 허리를 숙이며 의례적인 인사말을 정중히 건네고는 고혹적인 까만 두 눈동자로 청년을 잠시 응시하다가 탐스러운 발등과 복사뼈를 자랑하듯 비단치마를 살짝 들어 올리고 우아

---

14 Quartier latin(=Latin Quarter of Paris): 프랑스 파리 중심부 센 강(Seine 江) 왼편에 위치한 행정구역으로 소르본(Sorbonne) 대학을 포함한 교육기관들이 밀집해있다.

한 걸음걸이로 사부작대는 치마소리와 함께 청년을 스쳐 사라져갔다. 하지만 마담 제피린의 이런 도발적인 몸짓들은 스큐다머의 용기를 북돋우기는커녕 그의 절망감과 부끄러움만 더욱 심화시켰다. 그녀는 가벼운 실내복차림으로 청년과 여러 번 마주치기도 했는데, 그럴 때면 그녀가 기르는 푸들 애완견이 혹시 청년의 물건을 훔쳐가지 않았느냐고 변명하듯 묻곤 했다. 하지만 그토록 고귀하게 보이는 여인 앞에만 서면 잔뜩 주눅이 들어 말문마저 막혀버리는 청년은 프랑스어로 무슨 말이든 해보려고 애썼지만 더듬대기만 하다가 결국 뒤돌아서 떠나는 그녀의 뒷모습만 물끄러미 바라볼 수밖에 없었다. 두 사람의 관계는 그렇게 서먹하고 빈약했어도, 청년은 저명인사들의 모임에서 남성 두세 명과 따로 조용히 대화할 기회만 생기면 자신과 그녀의 그런 관계를 넌지시 암시하곤 했다.

각층마다 객실을 세 개씩 갖춘 그 호텔에서 미국청년이 투숙한 방의 또 다른 옆방에는 의심스러우리만치 좋은 평판을 듣는 늙은 잉글랜드인 의사가 투숙하고 있었다. 노엘 박사로 호칭되는 그 의사는 런던에서 내방환자가 점점 늘어나던 큰 병원을 운영했지만 무슨 일 때문에 쫓기듯이 런던을 떠날 수밖에 없었다고 한다. 그 의사는 런던 경찰에 쫓겨 파리까지 도망쳐왔다는 소문도 은밀히 나돌았다. 적어도 젊을 때는 두각을 나타냈을 성싶게 보이는 그 의사도 지금은 카르티에라탱에서 극히 단출하고 외롭게 살면서 대부분의 시간을 연구에만 몰두했다. 스큐다머는 그 의사와 이미 안면을 텄기 때문에 이따금 길 건너 음식점에서 조촐하게나마 저녁식사를 함께하기도 했다.

사일러스 스큐다머는 저명인사들의 모임에서도 짧게나마 발언권을 자주 얻었는데, 그럴 때면 그의 심약한 기질을 의심스럽게 만들정도로 자제력을 잃고 발언권에 심취하는 경우가 많았다. 그의 애교스러운 약점들 중 대표적인 것은 끊임없는 호기심이었다. 더구나 그는 타고난 수다쟁이였다. 그래서 그의 관심은 타인들의 인생담에 쏠렸는데, 특히나 그가 전혀 경험해보지 못한 인생담은 그의 호기심을 뜨겁게 데웠다. 그는 오지랖도 넓어서 호기심이 해소될 때까지 진드기처럼 막무가내로 질문을 연발해대는 끈질긴 질문꾼이기도 했다. 그는 우편물을 받을 때면 그것을 손바닥에 올려놓고 무게를 가늠하거나 요리조리 살펴보면서 발송인 주소를 마치 연구라도 하듯이 거듭 확인하는 바람에 사람들의 시선을 모으기도 했다. 어느 날 자신의 방과 마담 제피린의 방을 가르는 벽의 틈새를 발견한 그는 그 틈새를 메우기보다는 오히려 더 넓혀서 그녀의 행동을 엿보는 염탐구멍으로 이용했다.

3월 말경 어느 날 버릇대로 호기심을 못이긴 스큐다머는 옆방의 또 다른 구석까지 엿볼 수 있도록 염탐구멍을 조금 더 넓혔다. 그날 저녁 염탐구멍으로 마담 제피린의 행동을 엿보던 청년은 반대편에서 이상한 물체가 구멍을 가리는 바람에 흠칫 놀랐고, 그 순간 그 물체가 갑자기 뒤로 물러서며 킥킥대며 웃는 바람에 청년은 더욱 당혹하고 부끄러워졌다. 그렇게 염탐구멍의 비밀은 들통나버렸고 구멍은 결국 회반죽으로 메워졌는데, 그것으로 마담 제피린은 스큐다머에게 일종의 보복을 한 셈이었다. 그 일 때문에 극심하게 불쾌해진 스큐다머는 마음속으로 마담 제피린을 무자비하게 비난했다. 심지어 그는 자신마저 저주했다. 하지만 다음날 그의 즐거운 취미활동을 방해할 의향이 그녀에게는 전혀 없었다는 사실을 안 그는 그녀의 고의적인 묵인에 편승하여 벽에 다시 염탐구멍을 뚫고 엿보기를 계속하며 헛된 호기심을 만족시켰다.

바로 그날 마담 제피린은 그녀의 방에서 사일러스가 생전 처음 보는 쉰 살 남짓 먹은 바람둥이 같은 남자와 함께 오랫동안 있었다. 색깔 있는 셔츠에 모직정장을 걸치고 텁수룩한 구레나룻을 기른 그 남자는 잉글랜드인이 분명해 보였다. 사일러스는 그 남자의 칙칙한 회색 눈동자를 보면서 오싹한 기분을 느꼈다. 제피린과 속삭이듯이 대화하는 그 남자는 입술을 상하좌우로 연신 일그러뜨렸다. 두 사람을 엿보며 관찰하던 미국 뉴잉글랜드 청년은 두 사람이 적어도 한 번 이상 청년의 방을 가리키는 몸짓을 취했다고 느꼈다. 하지만 청년이 아무리 촉각을 곤두세워 엿들어도 알아들을 수 있었던 말은 무언가를 내켜하지 않거나 반대하는 제피린에게 그 영국남자가 다소 격앙된 목소리로 하는 다음과 같은 대답이었다.

"나는 그의 취향을 면밀히 연구했소. 그래서 당신에게 거듭 거듭 말하거니와 내가 도움을 요청할 수 있는 여성은 오직 당신이오."

이 말에 대답하며 한숨을 내쉰 마담 제피린은 절대적 권위에 굴복하는 사람처럼 체념하는 몸짓을 해보였다.

오후에는 그녀가 염탐구멍 바로 앞에 옷가지를 걸쳐놓는 바람에 염탐꾼은 끝내 아무것도 엿볼 수 없었다. 잉글랜드놈의 사악한 꼬드김 때문에 이런 불행한 사태가 발생했다고 여기며 애통해하던 염탐꾼 사일러스에게 호텔 지배인이 여성의 필체로 쓰인 편지 한 장을 가져다주었다. 철자법도 엉성한 프랑스어에 발신자의 서명도 되어있지 않은 그 편지에는 그날 밤 11시 발뷜리에[15]에서 열릴 무도회에 미국청년을 초청하고 싶다는 내용이 정중한 용어들로 적혀있었다. 호기심과 수줍음이 청년의 마음속에서 오랫동안 격전을 치렀다. 두

발뷜리에

15　Bal Bullier(=Bullier Ball): 19세기중엽 프랑스의 프랑수아 뷜리에(François Bullier)라는 업주가 파리에 설립한 무도회장으로 1940년 문을 닫았다고 한다.

기질은 때로는 점잖게 때로는 격렬히 용감무쌍하게 싸웠다. 그리하여 밤 10시가 되기도 한참 전에 나무랄 데 없는 옷차림으로 발뷜리에 입구에 도착한 사일러스 스큐다머는 결코 매력을 잃지 않는 무분별한 악마가 되겠다고 다짐하며 입장료를 지불했다.

그날은 마침 사육제[16] 기간에 속하는 날이라서 무도회장은 사람들로 가득했고 시끌벅적했다. 우리의 청년 모험가는 화려한 조명과 수많은 사람들을 보고 처음엔 당혹스럽고 주눅이 들었지만, 곧이어 일종의 취기가 그의 두뇌를 점령하기 시작하면서 그의 소심한 성격을 압도하는 자신감을 그에게 부여했다. 급기야 악마와도 기꺼이 대결하겠다는 기분에 휩싸인 모험가는 개선행진을 하는 기사(騎士)처럼 거만하게 무도회장을 활보했다. 그렇게 씩씩하게 활보하던 그는 무도회장의 한 기둥 뒤에서 대화하는 마담 제피린과 잉글랜드 남자를 발견했다. 그 순간 대화를 엿듣고 싶은 충동에 사로잡힌 청년은 그들의 뒤쪽으로 몰래 살금살금 다가가서 대화를 엿듣기 시작했다.

"바로 저 남자입니다." 잉글랜드 남자가 말했다. "저기…… 앳된 소녀에게 말하고 있는…… 금발을 길게 기른 남자 말입니다."

사일러스는 잉글랜드 남자가 지목한 금발남자를 보았다. 금발남자는 키가 조금 작았지만 아주 잘 생긴 미남청년이었다.

"알겠어요." 마담 제피린이 말했다. "최선을 다해볼게요. 하지만

---

16 謝肉祭(Carnival): 가톨릭교도들이 사순절(四旬節) 직전 3~7일간 즐기는 축제. 사순절은 부활절(復活節) 전에 단식하고 속죄하는 40일간을 가리키고, 부활절은 예수의 부활을 기념하는 날인데, 춘분(春分)이 지난 후 보름달이 뜬 날 다음에 오는 일요일이다.

우리가 아무리 애써도 안 되는 일도 있다는 점을 명심하세요."

"거참!" 잉글랜드 남자가 말했다. "결과는 나한테 맡겨요. 내가 서른 명 중에서 당신을 선발했잖소? 자, 가요. 하지만 저 왕자 앞에서는 신중해야 하오. 어떤 빌어먹을 사건이 오늘밤 그를 여기로 데려왔는지 나는 도통 모르겠으니까 말이오. 그는 학생들과 점원들이 법석을 떠는 이곳보다 더 나은 무도회장이 파리에는 없는 줄로 아나 보외다! 그가 앉아있는 모양을 보시오. 외유를 즐기는 일개 왕자라기보다는 오히려 본국에서 군림하는 황제처럼 보이잖소!"

사일러스는 다시 행운을 잡았다고 느꼈다. 그의 시선은 완벽하다고 할 만큼 멋지게 차려입고 매우 당당하고 예의바르게 행동하는 미남청년에게 집중되었다. 그 미남청년은 그를 또박또박 존칭하는, 여러 살 아래로 보이는 또 다른 미남청년과 같은 테이블에 앉아있었다. 왕자라는 존칭은 사일러스의 공화주의적인 귀에 솔깃하게 들렸고, 그렇게 존칭되는 인물의 면면은 사일러스의 마음을 당연히 사로잡았다. 그러자 마담 제피린과 잉글랜드 남자가 눈치 채지 못하게 기둥 뒷자리를 떠나 사람들 사이를 헤치며 이동하던 사일러스는 신중히 대화를 나누는 왕자와 왕자의 막역한 한 친구가 앉아있는 테이블로 접근했다.

"내가 충고하자면, 제럴딘." 왕자가 말했다. "그건 미친 짓이라네. (나에게는 물론 즐거운 기억이네만) 자네는 이토록 위험한 임무를 자네의 동생에게 맡겼어. 그러니까 자네에게는 동생의 행동을 감독해야 할 책임이 있는 거지. 자네의 동생은 파리에 그렇게 오래 체류하는 데 동의해버렸지. 자네 동생이 상대해야 할 놈의 성격을 감안하면 그런 동의는 애초부터 경솔했어. 하지만 자네 동생이 출발한 지 84시간이 지나지 않은 지금, 그러니까 판결이 내려진 지 2~3일이 지나지 않은 지금, 자네에게 묻건대, 자네 동생이 여기서 시간을 허비해야겠는가? 그는 지금 사격연습장에서 사격연습을 하고 있어야 해. 그는 충분히 숙면을 취하고 적당한 운동을 해서 몸을 단련시켜야 해. 또한 백포도주나 브랜디를 마시지 않는 식이요법을 엄격히 준수해야 한다는 말일세. 설마 그 녀석은 우리가 장난친다고 생각하는 건가? 이건 목숨이 걸린 중대사야, 제럴딘."

"그건 그 녀석도 잘 알 겁니다." 제럴딘 대령이 대답했다. "겁먹을 녀석은 아니니까요. 그 녀석은 왕자님께서 생각하시는 것보다 훨씬 더 신중하고 굴하지 않는 정신력을 가졌습니다. 그 녀석이 계집애처럼 심약했다면 제가 추천하지도 않았을 테고 회장놈을 그 녀석과 두 하인에게 선뜻 내맡기지도 않았을 겁니다."

"자네 말대로라면 다행이군." 왕자가 말했다. "하지만 나는 아직 안심할 수 없어. 하인들은 잘 훈련된 감시자들인데도 이 악당은 이미 세 번이나 그들의 감시망을 따돌리는 데 성공해서 여러 시간에 걸쳐 은밀히 음모를 꾸몄을 테니, 그건 십중팔구 위험한 음모였지 않겠어? 아마추어 감시자라면 어쩌다가 그놈을 놓칠 수 있었겠지만, 루돌프(Rudolph)와 제롬(Jérome)이 그놈을 놓쳤다면, 그놈은 애초

1894년 런던에서 출판된 스티븐슨의 소설집 『자살클럽과 라자의 다이아몬드(The Suicide Club and The Rajah's Diamond)』에 실린 이 삽화는 아일랜드 출신 화가 윌리엄 존 헤네시(William John Hennessy, 1839~1917)가 그린 것이다.

부터 도주하기로 작심한 게 분명하고, 또 그놈을 도주시킬 적절한 이유와 특별한 지략을 가진 어떤 놈의 도움을 받은 게 틀림없어."

"지금 문제는 제 동생과 저 사이에 있다고 저는 믿습니다." 다소 반항적인 어조로 제럴딘이 말했다.

"자네가 그렇게 믿을 수 있다고 나도 인정하네, 제럴딘 대령." 플로리즐 왕자가 말했다. "하지만 어쩌면 바로 그렇기 때문에 자네는 나의 충고들을 더더욱 달게 받아들여야만 할 것이야. 하지만 이 정도로 그만하겠네. 노란 옷을 입은 저 소녀가 춤을 잘 추는군."

그리고 왕자와 대령은 화제를 사육제 기간에 파리의 무도회장에서 흔히 언급되는 것들로 바꾸었다.

사일러스는 자신이 이곳에 온 이유를 상기했고, 임박해진 약속 시간을 지키려면 빨리 약속장소로 가야만 했다. 그는 곰곰이 생각할수록 눈앞의 광경이 점점 더 보기 싫어졌다. 바로 그 순간 사람들이 한꺼번에 소용돌이치듯이 춤을 추기 시작했고 사일러스는 그 소용돌이에 아무 저항도 못한 채로 출입문 쪽으로 떠밀려갔다. 순식간에 무도회장의 2층 방청석 밑으로 떠밀려간 사일러스의 귀에 마담 제피린의 목소리가 아주 가까이 들려왔다. 그녀가 프랑스어로 대화하는 상대는 낯선 잉글랜드 남자가 이삼십 분전에 지목했던 금발 청년이었다.

"나의 성격은 조금 유별난 편이에요." 그녀가 말했다. "혹은 가고 싶지 않은 곳에는 절대로 가지 않는 성격이라고나 할까요. 그런

데 당신은 이곳 직원에게 유달리 말을 많이 하더군요. 그는 말없이 당신의 말을 듣기만 하던데."

"하지만 이런 대화가 무슨 소용이 있죠?" 금발청년이 반문했다.

"맙소사!" 그녀가 말했다. "당신은 내가 투숙한 호텔도 기억 못 한다고 생각해요?"

그리고 그녀는 다정하게 청년의 팔짱을 끼고 유유히 사라졌다.

그 모습을 바라보던 사일러스는 자신의 처지를 돌아보았다.

'10분만 지나면.' 사일러스가 생각했다. '나도 저 여자만큼 아름다운 여자와, 게다가 저 여자가 입은 것보다 더 화려한 옷을 입은 여자와…… 이왕이면 귀족작위도 겸비한 진짜 숙녀일지도 모를 여자와 팔짱을 끼고 다정히 걸을 수 있을 거야.'

그때 사일러스는 편지에 쓰였던 엉성한 철자법을 기억하고는 약간 풀이 죽었다.

그러다가 '하지만 그녀의 하녀가 대필했겠지'라고 그는 상상해 버렸다.

어느새 약속시간이 몇 분밖에 남지 않았을 만큼 임박해지자 그의 심장은 느닷없이 감당 못 할 만치 빠르게 뛰기 시작했다. 그런 와중에도 그는 자신이 편지의 발신자를 먼저 아는 체할 필요는 전혀 없다고 생각하며 안도했다. 이런 식으로 자신의 자부심과 소심증을 화합시킨 그는 다시금 출입구 쪽으로 이동했는데, 이번에는 반대방향으로 돌며 춤추는 사람들의 소용돌이에 떠밀리지 않으려고 몸싸움을 벌이며 자발적으로 전진했다. 어쩌면 그는 그렇게 연이어 격전을 치르느라 지쳤던지, 아니면 그가 단지 몇 분간이나마 자신의 결심을 변함없이 유지하려다가 오히려 반발심과 또 다른 의도를 품었을지 모른다. 그래서였는지 그는 약속장소를 중심으로 반경 몇 미터 안에서 적당한 잠복장소를 발견하기 전까지 무도회장을 적어도 세 바퀴는 맴돌았던 것이 확실하다.

그러자니 정신적으로도 괴로워진 사일러스는 종교교육을 열심히 받은 신자로서 누차에 걸쳐 하나님한테 살려달라고 기도했다. 사일러스는 이제 편지 발신자를 만나려는 의욕마저 완전히 상실했다. 자신이 겁쟁이로 간주될지 모른다는 어리석은 두려움만 느끼지 않았어도 그는 뒤도 돌아보지 않고 달아나버렸을 것이다. 하지만 이 두려움은 다른 모든 감정을 압도할 만큼 강력했다. 그는 그런 두려움 때문에 약속을 지킬 결심도 못했지만 도망치지도 못했다. 그렇게 우물쭈물하는 사이에 시간은 약속시간을 지나 10분이나 더 흘렀다. 젊은 사일러스는 다시 기운을 차리기 시작했다. 그는 무도회장의 구석구석을 살펴보았지만 약속장소에는 아무도 보이지 않았다. 사일러스에게 편지를 보낸 미지인은 기다리다 지쳐서 가버린 게 틀림없었다. 사일러스는 조금 전에는 소심했던 만큼이나 이제는 대담해졌다. 그는 어떻게든 약속을 지키려고 왔지만 상대방이 늦었으므로 자신이 겁쟁이로 비난받지 않아도 된다고 생각하는 듯했다. 아니, 이젠 도리어 자신이 속았다고 의심하기 시작한 사일러스는 급기야 자신을 속인 자들을 의심하여 그들의 허를 찌른 자신의 영리함을 자화자찬하는 지경에까지 이르렀다. 그것은 참으로 허무맹랑하고 유치한 발상이었다!

이런 발상들로 무장한 사일러스는 잠복장소를 보무당당하게 벗어났다. 하지만 사일러스가 두 걸음도 걷기 전에 누군가의 손이 그의 팔을 붙잡았다. 사일러스가 고개를 돌려보니 아주 대담한 기질과 약간의 당당한 풍모마저 겸비한 아가씨가 천진난만한 표정으로 그를 바라보고 있었다.

"당신은 대단한 자신감을 품은 호색한처럼 보여요." 그녀가 말했다. "당신은 나의 예상을 벗어나지 못했어요. 그래도 나는 당신을 만나기로 결심했죠. 자신이 여자라는 사실을 잊고 남자에게 먼저 말을 거는 여자는 하찮은 자존심 따위는 오래전에 내팽개쳐버렸겠죠."

사일러스는 자신에게 편지를 보낸 사람의 정체와 매력에 압도당했고 그녀의 느닷없는 등장에 놀라서 당혹했다. 하지만 그녀는 곧 사일러스를 편하게 해주었다. 그녀의 행동은 아주 싹싹하고 관대했다. 그녀는 사일러스를 기분 좋게 띄워주다가 극찬하기도 했다. 그리고 그녀는 따뜻한 브랜디로 건배하며 몇 마디 달짝지근한 말을 주고받은 극히 짧은 시간에 사일러스를 홀려버렸고, 그녀에게 홀딱 반해버린 사일러스는 자신이 그녀를 사랑한다고 확신한 나머지 그녀를 가장 맹렬히 열애한다고 선언해버렸다.

"아, 슬퍼라!" 그녀가 말했다. "지금 이 순간 당신의 밀어가 나에게 안겨준 기쁨만큼이나 커다란 이 슬픔을 나는 어찌해야 좋을지 모르겠어요. 지금까지는 오직 나만 슬프면 되었지만, 아, 이젠 가련한 당신마저 슬퍼야 하다니. 나는 자유롭지 못하답니다. 그래서 감히 당신을 나의 집에 초대하지도 못해요. 질투에 젖은 눈들이 나를 감시하기 때문이죠. 나를 봐요. 이렇게 가녀려보여도 나는 당신보다 나이를 더 먹었답니다. 물론 나는 당신의 용기와 결단력을 믿지만, 나는 세상에 대한 나의 지식을 우리의 상호이익을 위해 사용해야만 해요. 당신은 어디 살죠?"

사일러스는 자신이 호텔에 투숙한다고 말하고 호텔의 주소와 객실번호를 그녀에게 알려주었다.

그녀는 잠시 골똘히 생각하는 듯이 보였다.

"알겠어요." 그녀가 말했다. "당신은 나를 믿고 따를 수 있나요?"

사일러스는 그녀가 시키는 대로 하겠다고 확답했다.

"내일 밤이에요." 그녀는 용기를 부추기는 미소를 지으며 말했다. "내일 저녁에는 외출하지 말고 호텔방에 대기하세요. 그러면 어떤 친구들이 당신을 방문할 텐데 당신은 급한 볼 일이 있다고 핑계를 대서 그들을 돌려보내세요. 당신은 밤10시쯤에 방문을 잠그죠?" 그녀가 물었다.

"11시에 잠급니다." 사일러스가 대답했다.

"그러면 11시 15분쯤 호텔을 나오세요." 그녀가 말했다. "그때 큰 소리가 나도록 방문을 세게 열었다가 닫되 호텔 직원에게는 아무 말도 하지 않고 나와야 합니다. 그리하지 않으면 모든 일이 망쳐질 수 있으니까요. 그 다음엔 뤽상부르 공원[17]과 넓은 가로수길이 만나는 지점까지 곧장 쭉 걸어가세요. 그곳에서 제가 당신을 기다리겠습니다. 나는 당신이 나의 권유사항들을 빠짐없이 따라줄 것이라고 믿어요. 그리고 만일 당신이 일말이라도 실수한다면 당신을 만나 사랑한 잘못밖에 저지르지 않은 한 여자를 세상에서 가장 슬프게 만들 것이라는 점을 명심하세요."

"이 모든 지령의 용도를 나는 모르겠소." 사일러스가 말했다.

"나는 당신이 이미 나를 주인으로 대하기 시작했다고 믿어요." 그녀는 자신의 쥘부채[摺扇]로 사일러스의 팔을 가볍게 톡톡 치며 소리쳤다. "참아요, 참아! 그걸 알 때는 곧 올 테니까요. 여자는 비록 나중에는 남자에게 복종하는 기쁨을 느낄지라도 처음에는 그녀에게 복종하는 남자를 사랑한답니다. 그러니까 부디 내가 부탁한 대로 해주세요. 안 그러면 나는 아무 대답도 해주지 않겠어요. 아, 참, 금방 생각났어요." 그녀는 또 다른 난제를 떠올린 사람처럼 말했다. "끈질긴 방문객들을 쫓아버릴 더 좋은 방법이 생각났어요. 당신은 내일 밤에 당신을 찾아올지도 모를 빚쟁이를 제외한 어떤 방문객도 만나지 않겠다고 호텔 직원에게 당부해두세요. 당신이 대인기피증 같은 것을 느끼는 기색을 비치며 부탁하면 그 직원은 진심으로 당신의 부탁을 들어줄 거예요."

---

17 Jardin du Luxembourg(=Luxembourg Gardens): 파리의 중심가에 있는 큰 공원.

"당신은 내가 침입자들로부터 스스로를 지킬 수 있으리라고 믿는군요." 사일러스는 조금 감정이 상한 듯이 말했다.

"그게 내가 선택할 수 있는 최선의 방법이죠." 그녀는 냉정하게 대답했다. "나는 당신 같은 남자들을 잘 알아요. 당신은 여자의 체면 같은 것은 전혀 배려하지 못하죠."

사일러스는 얼굴을 붉히며 부끄러운 듯이 고개를 약간 숙였다. 사실 그는 자신의 지인들에게 그녀를 자랑하듯이 소개하려는 약간의 허영심을 품기도 했기 때문이다.

"무엇보다도 명심해야 할 것은 당신이 외출한다고 호텔 직원에게 말하지 말아야 한다는 거예요." 그녀가 강조했다.

"왜 그래야죠?" 사일러스가 물었다. "그건 당신의 모든 지시사항 중 가장 사소해 보입니다만."

"당신은 타인들의 지혜를 일단 의심부터 하는군요. 당신에게 지금 매우 필요한 게 바로 그런 지혜인데 말이에요." 그녀가 대답했다. "이런 지혜도 나름의 용도들을 지녔다는 내 말을 믿으세요. 때가 되면 당신도 그것들을 알 테니까요. 그리고 첫 만남부터 나의 이런 사소한 부탁들을 당신이 거절한다면 내가 당신한테 무슨 매력을 느끼겠어요?"

그러자 사일러스는 당황해서 변명을 늘어놓으며 용서를 구했다. 이런 대화를 나누는 틈틈이 그녀는 벽시계를 올려다보고 손뼉을 탁탁 치면서 억눌린 신음소리를 내지르곤 했다.

"맙소사!" 그녀가 외쳤다. "시간이 벌써 이렇게 흘렀나요? 나는 이제 더는 미적댈 수 없답니다. 아, 슬퍼라, 불쌍한 우리 여자들, 우리는 노예랍니다! 당신을 만나려고 내가 이미 얼마나 큰 위험을 감수했는지 당신은 모르죠?"

그리고 그녀는 상대방을 달래주는 표정과 극도로 체념한 표정을 절묘하게 섞어지으며 그녀의 지시사항을 거듭 주지시킨 다음에 사일러스에게 작별인사를 하고 사람들 사이로 사라졌다.

다음 날 종일 사일러스는 심하게 우쭐한 기분에 휩싸여있었다. 그는 마침내 그녀가 백작부인이었다고 확신해버렸다. 저녁이 되자 사일러스는 그녀의 지시사항들을 빠짐없이 이행하면서 약속시간에 맞춰 뤽상부르 공원의 골목길에 도착했다. 하지만 그곳에는 아무도 없었다. 사일러스는 그곳을 지나가거나 근처를 서성거리는 모든 사람의 얼굴을 주시하며 거의 30분을 더 기다렸다. 심지어 그는 가로수길 인근의 다른 골목길들도 기웃거려보고 공원의 둘레길마저 살살이 살펴보았다. 하지만 그에게 다가와서 그의 팔짱을 끼는 아름다운 백작부인은 어디에도 없었다. 결국 그는 도저히 떨어지지 않는 걸음을 옮겨 호텔로 돌아가는 길을 터덜터덜 걷기 시작했다. 그렇게 걷던 사일러스는 문득 마담 제피린과 금발청년이 나누던 대화를 기억해내고는 막연한 불안감에 휩싸였다.

'그렇군.' 그는 생각했다. '모두가 호텔 직원에게 거짓말을 할 수밖에 없었던 거야.'

사일러스는 호텔의 초인종을 눌렀다. 그러자 출입문이 열리고 잠옷을 입은 직원이 등불로 사일러스를 비추었다.

"그 사람은 갔어요?" 직원이 물었다.

"그 사람이라니? 누구를 말하는 건가?" 실망해서 심사가 뒤틀린 사일러스가 성난 목소리로 다그쳐 물었다.

"저는 그 사람이 나가는 줄 몰랐습니다." 직원이 말했다. "하지만 저는 당신이 그에게 빚을 갚았다고 믿었어요. 빚도 못 갚는 손님을 이곳에 계속 투숙시킬 수는 없으니까요."

"아니, 도대체 무슨 말을 하는 거야?" 사일러스가 거칠게 따져 물었다. "그런 잡동사니 같은 말을 당최 못 알아듣겠어."

"다름이 아니라, 빚을 받으러온 금발청년 말입니다." 직원이 대답했다. "그가 바로 제가 말한 그 사람입니다. 저는 당신이 시킨 대로 다른 사람 말고 오직 빚쟁이만 당신의 방에 들였는데, 그 청년이 빚쟁이가 아니었나요?"

"이런, 제기랄, 그런 녀석이 올 리가 없단 말이야." 격분한 사일러스가 재차 고함쳤다.

"저는 제가 믿는 것만 믿습니다." 직원은 혀로 볼을 부풀려 가장 험악한 표정으로 대꾸했다.

"이런 무례한 불한당 같으니라고." 사일러스는 이렇게 호통을 치면서도 자신이 난감하고 우스꽝스런 처지에 내몰렸다고 느꼈다. 그 순간 자정을 알리는 종소리를 들은 그는 정색하더니 황급히 계단을 뛰어오르기 시작했다.

"그렇다고 등불도 안 가져갑니까?" 직원이 외쳤다.

하지만 사일러스는 뒤도 안 돌아보고 7층까지 단숨에 뛰어올라가서 자신의 방문 앞에 멈춰 섰다. 그렇게 잠시 숨을 고르며 서있던 그는 갑자기 극도로 불길한 예감들에 휩싸인 듯이 거의 공포에 질린 표정으로 급히 방문을 열어젖히고 방으로 뛰어들었다.

어두운 방안에 아무도 없다는 것을 확인한 사일러스는 안도의 한숨을 길게 내쉬었다. 그렇게 평정심을 되찾은 그는 금방 자신이 했던 행동은 처음이자 마지막으로 저지른 어리석은 행동이어야만 한다고 다짐했다. 성냥은 침대 옆의 작은 탁자 위에 놓여있었다. 그는 어둠 속에서 성냥을 찾기 시작했다. 그렇게 움직이는 동안 불안감이 그를 다시 점령하기 시작했는데, 그의 발이 어떤 장애물에 닿자 그는 그것을 의자에 불과한 것으로 생각하고 싶었다. 이윽고 그의 손이 창문 커튼에 닿았다. 희미하게 보이는 창문의 위치로 미루어 자신이 침대 다리 옆에 서있는 것이 틀림없다고 짐작한 그는 성냥이 놓인 탁자에 닿으려면 그대로 직진하는 수밖에 없다고 생각했다.

그가 가만히 아래로 뻗은 손에 침대덮개가 닿았다. 하지만 손에 닿은 것은 침대덮개뿐만이 아니었다…… 침대덮개 밑에 뭔가가 있었는데, 그것은 마치 사람의 다리 같았다. 흠칫 놀라며 손을 거둬들인 사일러스는 잠시 동안 돌처럼 굳은 채 망연자실 서있었다.

'도대체, 대관절, 어떻게 이럴 수 있지?' 그는 생각했다.

그는 청각을 곤두세워봤지만 숨소리조차 들리지 않았다. 겨우 정신을 차린 그는 금방 자신의 손이 닿았던 지점으로 다시 팔을 뻗어 손가락 끝을 살짝 대어보았다. 하지만 이번에는 한 걸음이나 풀쩍 뒤로 물러선 그는 공포에 질려 온몸을 부르르 떨다가 얼어붙어 버렸다. 침대에 뭔가 있었다. 사일러스는 그게 뭔지는 몰랐어도 뭔가 있기는 있었다.

몇 초가 흐른 뒤에야 사일러스는 겨우 움직일 수 있었다. 그리고 본능에 의지하여 침대 옆 탁자로 곧장 가서 성냥과 양초를 낚아채듯이 집어 든 그는 침대를 등지고 양초에 급히 불을 붙였다. 촛불이 밝혀지자 천천히 몸을 돌린 그는 자신을 공포에 질리게 만든 것을 찾아보았다. 역시나 침대 위에는 그가 상상할 수 있는 최악의 사태가 벌어져있었다. 침대덮개는 베개 같은 것 위에 가지런히 덮여있었지만, 그것이 드러내는 윤곽은 마치 꼼짝없이 누워있는 인간의 모습이었다. 그는 침대로 돌진하여 덮개를 젖혔다. 침대에는 바로 전날 발뷜리에 무도회장에서 보았던 금발청년의 시체가 누워있었다. 그 청년의 두 눈은 초점 없이 뜨여있었고 얼굴은 퉁퉁 붓고 시커멓게 변색되었으며 두 콧구멍에서는 가녀린 핏방울이 흘러내리고 있었다.

사일러스는 떨리는 비명소리를 길게 내지르며 양초를 바닥에 떨어뜨리고 침대 옆에서 무너지듯이 무릎을 꿇었다.

그런 끔찍한 광경을 목격하고 망연자실해져서 혼미하던 그의 정신을 일깨운 것은 느리면서도 선명한 노크소리였다. 그는 몇 초간 자신이 처한 상황을 상기했다. 그리고 방문을 걸어 잠그기 위해 서둘렀지만 때는 이미 늦었다. 희고 긴 얼굴 높이로 등불을 들고 기다란 취침용 모자를 쓴 노엘 박사가 새처럼 머리를 갸우뚱거리며 천천히 방문을 열고 특유의 느릿한 걸음걸이로 이미 방의 중간쯤까지 들어와 있었기 때문이다.

"비명소리를 들은 듯해서 말이야." 박사가 말했다. "자네가 많이 아픈가 걱정되어 이렇게 허락도 받지 않고 들어왔네."

박사와 침대 사이에 꼼짝 못하고 서있는 사일러스의 얼굴은 벌게졌고 심장은 무섭게 뛰었다. 하지만 사일러스는 아무 대꾸도 못했다.

"자넨 아직 방에 불도 켜지 않았군." 의사가 말했다. "잠잘 준비도 아직 시작하지 않았나보네. 자네는 내가 목격한 이 장면을 쉽게 납득시키지 못하겠지. 자네의 표정은 지금 자네에게 가장 절실히 필요한 것은 친구 아니면 의사라고 말하는 듯이 보이는데, 어느 쪽인가? 내가 자네의 맥박을 재보겠네. 그러면 심장의 상태를 곧바로 알 수 있기 때문이지."

슬슬 뒷걸음질하는 사일러스에게 다가선 박사는 사일러스의 손목을 낚아채려고 했다. 사일러스의 신경은 견디기 힘들 정도로 팽팽하게 긴장되었다. 박사의 손을 급하게 피하려다가 방바닥에 곱드러진 사일러스는 참았던 울음을 터뜨리고 말았다.

침대에 죽은 사람이 있다는 사실을 알아차린 노엘 박사의 표정이 암울해졌다. 그는 들어올 때 조금 열어둔 방문을 향해 서둘러 걸어가더니 급히 닫고 이중자물쇠로 잠갔다.

"어서 일어나!" 그는 날카로운 목소리로 사일러스에게 소리쳤다. "울고 있을 시간이 없어. 자네 도대체 무슨 짓을 저질렀나? 이 시체가 어째서 자네 방에 있나? 도움이 될 만한 사람이 있으면 기탄없이 말하게. 자네는 혹시 내가 자네를 파멸시킬지 모른다고 생각하나? 자네는 자네의 베개를 베고 죽어있는 이 살덩이가 자네에 대한 나의 동정심을 조금이라도 없앨 수 있다고 생각하나? 이보게 순진한 젊은이, 맹목적이고 불공정한 법이 흉악한 범죄로 규정하는 행위도 그 행위의 당사자를 좋아하는 사람들의 눈에는 결코 흉악하게 보이지 않는다네. 그래서 나의 막역한 친구가 설령 살인을 저지르고 나를 찾아왔더라도 그 친구를 향한 나의 우정은 결코 변하지 않을 것이네. 자, 어서 일어나게. 선(善)과 악(惡)은 키메라[18] 같은 혼합체이지. 운명을 제외한 인생은 헛것이야. 그러니까 자네가 어떤 곤경에 몰리더라도 자네를 끝까지 도울 한 사람은 자네 곁에 남아있을 걸세."

박사가 말하는 동안 용기를 얻고 기운을 차린 사일러스는 울음을 그치고 박사의 질문들을 상기하다가 비로소 지금의 사실들을 곰곰이 되짚어볼 수 있어졌다. 하지만 사일러스는 왕자와 제럴딘 대령이 나누던 대화를 전혀 기억하지 못했는데, 왜냐면 사일러스는 그 대화의 의미도 거의 이해하지 못했을 뿐더러 그 대화가 현재 자신을 엄습한 재난에 어떤 식으로든 연루되었으리라고는 상상조차 못했기 때문

---

18 chimera: 그리스신화에 나오는 지옥괴물인데, 염소몸통, 사자(獅子)머리, 뱀꼬리를 겸비하고 입으로는
유황불을 뿜는다.

이다.

"참으로 안타까워!" 노엘 박사가 소리쳤다. "지금 내가 엄청나게 속고 있든지, 아니면 자네가 순진하게도 유럽에서 가장 위험한 음모에 휘말렸어. 불쌍한 젊은이, 자네의 그 순진함이 자네를 함정에 빠뜨려버린 거야! 자네의 경솔한 처신이 치명적인 위험을 초래하고 말았어! 자네는 이 남자를, 이 잉글랜드 남자를 지금 두 번째로 봤을 테지. 내가 보기에 그는 기발한 영혼의 소유자로 보이는데, 자네가 그의 특징을 설명해줄 수 있겠나? 그의 나이는 적었나 많았나? 키는 컸나 작았나?"

그러나 호기심만 가득 품었지 심안(心眼)을 결핍한 사일러스는 빈약하고 일반적인 답변들밖에 못했고, 그것들만 가지고는 금발청년의 정체를 짐작조차 할 수 없었다.

"그따위 설명은 아무나 할 수 있어!" 성난 박사가 언성을 높였다. "자신이 대결할 적의 특징들을 관찰하지도 기억하지도 못하는 사람의 시력이나 언변이 무슨 소용이겠나? 유럽의 모든 깡패를 잘 아는 내가 그놈의 정체를 밝힐 수 있을 것이고 자네를 지켜줄 새로운 무기들도 확보할 수 있을 거란 말이네. 자네도 앞으로 이런 수법을 익혀야 해, 불쌍한 젊은이. 물론 자네한텐 그게 쉽지 않은 일이겠지만 말이야."

"앞으로라니!" 사일러스가 반문했다. "저에게 교수대 말고 무슨 미래가 남아있다는 말이죠?"

"청춘이란 겁쟁이의 시절일 뿐이네." 박사가 대답했다. "인간은 자신의 난관들을 그것들의 실상보다 더 암울하게 바라보기 마련이지. 나는 늙었지만 결코 절망하지 않는다네."

"제가 경찰서에서도 그렇게 말할 수 있을까요?" 사일러스가 다그치듯 물었다.

"물론 그렇게 못하겠지." 박사가 대답했다. "자네가 음모에 휘말렸다는 사실을 나도 이미 알아. 그래서 자네의 처지는 더 절망적인 거야. 편협한 당국자들이 자네를 확실한 범인으로 지목할 테니까 말이야. 게다가 우리는 사건의 일부밖에 모른다는 사실을 기억해야만 하네. 그리고 그 사악한 음모책동자들은 결백한 자네에게 더욱 확실히 누명을 씌울 수 있는 방향으로 경찰의 수사를 유도할 다른 많은 정황들을 조작해두었을 것이 틀림없다는 사실도 명심해야 하네."

"그렇다면 저는 끝장났군요, 끝장나버렸어!" 사일러스가 울부짖었다.

"나는 그렇게 말하지 않았어." 노엘 박사가 말했다. "나는 신중한 사람이거든."

"하지만 이걸 봐요!" 사일러스가 시체를 가리키며 발끈했다. "이게, 두려움 없이는 도무지 설명할 수도 만질 수도 바라볼 수도 없는 이게 바로 저의 침대에 있다는 말입니다."

"두렵다고?" 박사가 반문했다. "아니야. 고장 난 시계 같은 이 시체도 나에게는 외과수술용 칼로 해부할 수 있는 정교한 기계에 불과해보이네. 인간의 피도 식어서 응고해버리면 인간의 피가 아니야. 살도 죽어버리면 우리가 갈구하는 애인의 살도 아니고 아끼는 친구의 살도 아니야. 우아함도, 매력도, 끔찍함도 죽은 살로부터 살아있던 영혼과 함께 모조리 빠져나가버리지. 그러니까 침착하게 그것을 바라보는 데 익숙해지도록 해보게나. 나의 계획이 효과를 발휘하려면 자네는 그토록 자네를 두렵게 하는 그것 옆에서 며칠 더 생활해야 할 테니까 말이야."

"계획이라니요?" 사일러스가 놀라서 물었다. "대관절 무슨 계획인가요? 박사님, 빨리 말씀해주세요. 저는 이제 살아갈 용기마저 거의 상실해버렸다는 말입니다."

노엘 박사는 말없이 침대로 가더니 시체를 면밀히 살폈다.

"확실히 죽었군." 박사가 중얼거리듯 말했다. "그래, 내가 짐작했던 대로 호주머니들이 텅텅 비었군. 역시, 셔츠의 이름표도 잘려나갔어. 그놈들이 뒷마무리를 철저히 했군. 다행히 이 사람의 체격도 작아."

사일러스는 극심한 불안감을 느끼며 박사의 지시들을 따랐다. 검시를 완료한 박사는 의자에 앉아 미소를 머금고 미국청년에게 말하기 시작했다.

"내가 자네 방에 들어왔을 때 나의 두 귀와 혀는 바삐 움직였지만 나의 두 눈도 마냥 놀고 있지는 않았지. 나는 얼마 전에 자네 같은 미국인들이 세계각지를 여행할 때 가지고 다닌다는 기괴한 조립식 물건들 중 하나를…… 그러니까 저기 있는 사라토가트렁크를…… 자네가 저쪽 구석에 갖다놓았다는 것을 알았지. 지금까지도 나는 이런 조립식 물건들의 용도를 짐작조차 못했어. 하지만 이제 나는 그 용도를 어렴풋이 알기 시작했네. 물론 박스처럼 보이는 저 트렁크가 노예무역을 편하게 하기 위한 것인지 사냥칼을 안전하게 밀반입하기 위한 것인지 나는 정확히 모르겠네. 그래도 한 가지 사실은 확실히 알겠네…… 저 박스의 용도는 인간의 몸을 담는 것이네."

"분명히," 사일러스가 언성을 높였다. "분명히, 지금은 농담할 때가 아닙니다."

"물론 나의 말이 얼마간 농담으로 들릴지도 모르겠군." 박사가 말했다. "하지만 내가 하는 말의 의미는 진짜 심각한 거야. 그러니까 이보게 젊은 친구, 지금부터 우리가 맨 먼저 해야 할 일은 저것에 담긴 자네의 물건들을 모조리 들어내야 하는 것이야."

사일러스는 박사의 권위와 지시에 복종했다. 사라토가트렁크는 곧 비워졌고 방바닥에는 잡다한 물건들이 꽤 너절하게 깔렸다. 그리고 사일러스는 침대에 곧게 누워있는 시체의 양발뒤꿈치를 들어 올리고 박사는 시체의 양어깨를 들어 올려 각자 앞으로 힘껏 밀어붙여 가까스로 시체를 반으로 접은 다음에 빈 트렁크에 완전히 집어넣었다. 두 사람은 이 괴상한 화물이 담긴 트렁크의 뚜껑을 협력하여 눌러 닫았고, 박사는 끈으로 트렁크를 단단히 묶었다. 그동안 사일러스는 방바닥에 흩어져있던 물건들을 벽장과 서랍장 사이로 몰아붙였다.

"자, 드디어 자네는 구원의 길로 첫발을 내디뎠어." 박사가 말했다. "내일, 아니, 오늘 자네가 수행해야 할 임무는 이 호텔 직원에게 자네가 진 빚을 모두 갚아서 그의 의심을 잠재우는 일이네. 그동안 나는 이 사건을 안전하게 마무리하는 데 필요한 조치들을 취하겠네. 그러면, 자네는 나를 따라 내 방으로 오게. 자네한테 안전하고 강력한 진정제를 주겠네. 내 방에서는 자네가 무얼 하든 안심해도 된다네."

다음 날은 사일러스의 인생에서 가장 긴 하루였다. 그런 일은 두 번 다시는 못할 짓이었다. 그는 친구들의 방문을 사절했고, 음울한 상념에 빠져 사라토가트렁크만 줄곧 응시하면서 방구석에 웅크려 앉아있었다. 그런 와중에도 그의 경솔한 버릇들이 도졌다. 엿탐구멍이 다시 뚫리자 그는 마담 제피린의 방을 엿보느라 거의 모든 시간을 보냈다. 하지만 그런 엿보기마저 힘들고 괴로워지자 그는 결국 엿탐구멍을 자신의 방 쪽에서 막아버렸다. 그렇게 엿보기의 괴로움을 벗어난 그는 회오(悔惡)하는 눈물을 흘리며 기도하느라 꽤 많은 시간을 보냈다.

저녁 늦게 사일러스의 방으로 들어온 노엘 박사의 손에는 주소가 적히지 않은 봉인된 봉투 두 개가 들려있었다. 한 봉투는 약간 두꺼웠고 다른 봉투는 속이 빈 듯 얄팍했다.

"사일러스." 박사가 탁자에 걸터앉으며 말했다. "드디어 자네를 구원하기 위한 나의 계획을 설명해줄 때가 왔네. 파리에서 사육제를 즐긴 보헤미아의 플로리즐 왕자가 내일 아침 일찍 런던으로 돌아간다더군. 왕자의 신하들 중 한 명인 왕실거마장관 제럴딘 대령이 왕자를 수행한다는 사실도 나에게는 행운이었네. 나는 직업상 꽤 오래전부터 대령과 아는 사이였으니 서로를 잊었을 리가 없었지. 내가 자네에게 대령의 임무를 자세히 설명해줄 필요는 없어. 다만 대령은 어떤 유력한 방법으로 기꺼이 나를 도우리라는 것을 내가 잘 안다고 말하는 것으로 충분하네. 지금부터 자네가 해야 할 일은 저 트렁크를 열지 말고 런던까지 운반하는 거야. 물론 이것을 가지고 세관을 통과하려면 치명적인 난관에 직면할 수도 있지. 하지만 나는 왕자 같은 중요인물의 수화물은 세관원들이 예우하여 검색하지 않고 통관시킨다는 사실을 생각해냈지. 나는 제럴딘 대령에게 부탁하여 호의적인 대답을 얻어내는 데 성공했어. 내일 아침 6시 전까지 왕자가 묵는 호텔로 가면 자네의 수화물은 왕자의 수화물에 섞여서 운반될 것이고 자네는 왕자의 수행원들과 함께 런던까지 여행하면 되는 거지."

"박사님의 말씀을 듣다가보니 저도 일전에 왕자와 제럴딘 대령을 봤다는 기억이 떠오르네요. 심지어 그날 저녁 발뷜리에서 그분들의 대화를 잠시 귓결에 듣기도 했죠."

"그런 일은 충분히 있을 수 있어. 그 왕자는 어떤 사교모임에든 참가하지 않으면 못 배길 위인이거든." 박사가 말했다. "하여간 런던에 도착하기만 하면 자네는 임무를 거의 완수하는 셈이네. 이 두꺼운 봉투에는 내가 직접 설명해주지 못한 자네의 행동지침이 들어있어. 다른 얇은 봉투에는 자네가 트렁크를 가져가야 할 집주소가 들어있을 거야. 그 집에 트렁크를 넘겨주기만 하면 자네의 고민은 말끔히 해결될 것이네."

"아, 막막하군요!" 사일러스가 말했다. "저는 박사님의 말씀을 진심으로 믿고 싶습니다. 하지만 그게 어찌 가능하겠습니까? 박사님께선 저에게 반가운 전망을 제시하셨지만, 저는 그토록 실현 불가능하게 보이는 계획을 도통 이해할 수 없는데 어쩝니까? 부디 박사님의 의도를 조금 더 자세히 설명해주세요."

박사는 난감한 표정을 지었다.

"이보게 젊은이." 박사가 말했다. "자네는 지금 나한테 얼마나 곤란한 부탁을 하는지 모르는군. 하지만 그리해주겠네. 나는 이제 부끄러움에는 아예 면역되어버렸으니까. 그리고 여태껏 자네를 그토록 도와놓고도 이번 부탁만 들어주지 않으면 오히려 이상하게 보일 테니까 말이야. 지금 내가 소박하고 고독하게 연구에만 몰두하는 말 없는 늙은이로 보일지 몰라도 나도 젊었을 땐 런던에서 가장 교활하고 위험한 악당들 사이에서 위명(偉名)을 날리기도 했다는 사실을 자네도 알아야 해. 그러니까 그 당시 나는 표면적으로는 세인들의 존경과 관심의 대상이었지만 나의 진짜 권력은 가장 비밀스럽고 흉악한 범죄적 세계에서 생겨났지. 자네의 고민을 해결주기 위해 내가 지금 자네에게 알려준 주소도 그 당시 나를 따르던 부하들 중 한 놈의 집주소야. 그놈들은 다양한 국적들과 특기들을 가졌지만 모두가 무시무시한 선서에 얽매여 동일한 목적을 위해 활동했지. 그놈들 패거리는 살인업자들이었어. 그리고 지금 이렇게 결백한 듯이 자네에게 말하는 나는 사실 그 가공할 패거리의 두목이었네."

"뭐라고요?" 사일러스가 외쳤다. "살인자? 더구나 살인업자라고? 내가 그런 당신의 손을 잡을 수 있겠어? 내가 그런 당신의 도움을 받아야 한다는 말이야? 이 음흉하고 사악한 늙은이야, 나의 청춘과 나의 고뇌를 공범자로 만들려는 거야?"

박사는 씁쓸하게 웃었다.

"자네는 용납하기 힘들겠지, 스큐다머 군." 박사가 말했다. "하지만 지금 나는 자네에게 피살자와 살인자 중 한 쪽을 선택할 수 있는 기회를 제공했네. 만약 자네의 양심이 나의 도움을 거절할 만큼 깨끗하고, 또 그렇다고 단언한다면, 나는 즉각 자네의 방을 나가겠어. 그때부터 자네는 그토록 고상한 자네의 양심에 가장 어울리는 방식으로 자네의 트렁크와 부속물들을 처리하면 될 것이네."

"제가 잠시 오판했습니다." 사일러스가 말했다. "심지어 저의 결백을 확신하기 전부터 저에게 은신처까지 제공해주신 박사님의 관대함을 제가 잠시 망각했습니다. 지금부터 박사님의 충고를 고맙게 경청하겠습니다."

"그거 다행이네." 박사가 말했다. "그리고 나는 자네가 경험의 교훈들을 얼마간 배우기 시작했음을 아네."

"그런 동시에, 박사님께서 고백하신 대로, 이 비극적인 거래에 박사님께서도 익숙하시다는 것을 알겠어요." 기운을 되찾은 뉴잉글랜드 청년이 말했다. "박사님께서 저에게 추천하신 사람들이 박사님의 옛 부하들과 친구들이라는 것도 알겠습니다. 그래서 박사님께서 트렁크를 직접 운반하실 수 없었고, 또 그런 끔찍한 상황에서 저를 즉시 구출하지 못하셨다는 말이죠?"

"자네 말대로야." 박사가 대답했다. "나는 자네를 보고 진심으로 감탄하네. 내가 자네의 일들에 이미 충분히 개입했다고 자네가 생각하지 않더라도, 나는 내심 이미 충분히 관여했다고 생각한다는 것을 믿어주게나. 자네는 내가 제공하는 도움들을 받아도 되고 거부해도 돼. 그러니까 쓸데없이 고맙다는 말을 더해서 나를 부담스럽게 만들지는 말게나. 왜냐면 나는 자네의 지능보다 자네의 사의(謝意)를 훨씬 가볍게 여기니까 말이야. 자네가 앞으로 정신건강을 돌보는 데 많은 세월을 투자한다면 언젠가는 이 모든 것을 전혀 다르게 생각할 날이 올 것이고, 그때 자네가 오늘밤 자네의 행동을 상기한다면 몹시 부끄러워질 거야."

이렇게 말하며 의자에서 일어난 박사는 다시금 자신의 계획들을 명료하게 간추려 설명하고는 사일러스에게 대답할 틈도 주지 않은 채 방을 나가버렸다.

다음 날 아침 사일러스는 왕자가 묵는 호텔을 찾아갔고, 제럴딘 대령은 그를 정중히 맞이했다. 그 순간부터 사일러스는 트렁크

및 그것의 끔찍한 내용물들과 직결된 모든 긴박한 근심에서 해방되었다. 사일러스는 왕자의 수화물이 유별나게 무겁다고 불평하는 선원들이나 역무원들의 말을 귓결에 들을 때면 두려워 떨기도 했지만 여행은 전반적으로 순조로웠다. 왕자가 자신의 마차에 왕실거마장관의 동승만 허락했기 때문에 사일러스는 시종들과 같은 마차를 타고 여행했다. 하지만 증기선을 타고 해협을 건너갈 동안 줄곧 수화물더미만 응시하며 서있는 사일러스의 우울한 분위기와 태도가 왕자의 시선을 끌었다. 왜냐면 사일러스는 그때까지도 미래를 걱정하는 불안감에 휩싸여있었기 때문이다.

"저기 있는 청년은 뭔가 심각한 고민거리를 가진 게 틀림없어." 왕자가 말했다.

"저 미국인은 왕자님의 수행원이 되어 여행하게 해달라고 부탁하기에 제가 허락했습죠." 제럴딘이 말했다.

"자네의 말을 들으니 여태껏 내가 예의를 잊고 있었다는 사실이 생각나는군." 이렇게 말한 플로리즐 왕자는 사일러스에게 다가가더니 최대한 정중한 태도로 말을 걸었다.

"젊은이, 제럴딘 대령이 나에게 알려준 자네의 부탁을 내가 들어줄 수 있어서 나는 기뻤다네. 그대가 원한다면, 차후에 자네에게 더 중요한 임무를 맡기고 싶은 나의 마음을 기억해주기 바라네."

그리고 왕자는 미국의 정치상황에 관한 몇 가지 질문을 던졌는데, 사일러스는 긴장을 풀고 적당히 예의를 차려서 대답했다.

"자네는 아직 젊은이야." 왕자가 말했다. "하지만 나의 눈에는 자네의 인생이 아주 심각하게 보여. 자네는 중대한 연구에 너무 지나치게 몰두하는지도 모르겠군. 그게 아니라면, 혹시라도, 내가 경솔해서 자네의 괴로운 심경을 건드렸는지도 모르겠네만."

"저를 세상에서 가장 불행한 인간으로 전락시킨 확실한 이유가 있습니다." 사일러스가 말했다. "저만큼 결백한 인간이 저만큼 처절하게 능욕당한 경우는 없을 겁니다."

"나는 자네의 비밀을 캐묻지는 않겠네." 왕자가 말했다. "하지만 제럴딘 대령의 추천은 완벽한 여권이라는 사실을 잊지 말게나. 또한 나는 자네를 기꺼이 돕고 싶을 뿐 아니라 다른 여러 사람보다도 더 많은 도움을 자네에게 제공할 수 있다는 사실도 기억해주게나."

사일러스는 이 대단한 인물의 친절한 말을 듣고 기뻤다. 하지만 사일러스의 마음은 금세 우울한 고민들로 복귀하고 말았다. 왜냐면 미국인에 대한 왕자의 호의도 근심걱정들에 사로잡힌 영혼을 구제할 수 없었기 때문이다.

어느덧 기차가 채링크로스 역에 도착했다. 국세청관리들은 관례대로 플로리즐 왕자의 수화물을 검색하지 않고 통관시켰다. 기차역 밖에는 최고급마차들과 수행원들이 대기하고 있었다. 사일러스는 수행원들과 함께 마차를 타고 왕자의 거처로 향했다. 그곳에 도착하자 사일러스를 따로 찾아온 제럴딘 대령은 대단히 존경하는 의사님의 친구분을 도와줄 수 있어서 기뻤다고 사일러스에게 말했다.

"당신의 도자기는 무사할 것이니 안심하시기 바랍니다." 대령이 덧붙였다. "왕자님께서 신경을 쓰셔서 조심스럽게 다루라고 특별히 명령하신 덕분에 무사히 운반되었을 테니까요."

그리고 대령은 하인들에게 젊은 신사가 타고 갈 마차 한 대를 가져오라고 지시했다. 곧바로 마차가 도착하자 대령은 마차의 마부석(馬夫席)에 사라토가트렁크를 갖다 실으라고 하인에게 지시한 다음 사일러스와 악수하며 자신은 왕자의 부관으로서 맡은 소임들을 처리해야 하기 때문에 끝까지 도와주지 못해서 미안하다고 말했다.

사일러스는 얇은 봉투를 개봉해서 주소가 적힌 종이를 꺼내보았고, 당당한 풍모를 지닌 마부에게 스트랜드 가를 통해 박스코트로 가자고 말했다. 마부는 그 주소를 전혀 모르는 듯이 보였다. 왜냐면 마부는 그 주소를 듣고 깜짝 놀라면서 다시 말해달라고 부탁했기 때문이다. 호화로운 고급마차를 타고 목적지로 가는 사일러스의 마음에는 근심걱정이 가득했다. 박스코트의 진입로는 너무 좁아서 마차가 들어갈 수 없었다. 그 길은 두 철도 사이에 나있는 보행자 도로에 불과했고 길의 양끝에는 푯말이 하나씩 서있었다. 한 쪽 푯말 위에는 남자 한 명 걸터앉아있었는데, 마차를 발견한 그는 곧장 푯말에서 펄쩍 뛰어내리더니 마부와 우호적으로 인사를 주고받았다. 마부는 마차의 문을 열고 사일러스에게 사라토가트렁크를 내려도 되는지, 그리고 몇 번지로 가져갈 것인지 물었다.

"3번지로 가져가주면 고맙겠소." 사일러스가 말했다.

마부와 퐷말 위에 앉아있던 남자는 물론 사일러스도 합세하여 무거운 트렁크를 끙끙대며 운반했다. 그들이 주소에 적힌 집의 문 앞에 트렁크를 내려놓기 전에 근처를 어슬렁대며 그들을 주시하는 스무 명가량의 사람들을 발견한 사일러스의 등골이 오싹해졌다. 하지만 사일러스는 최대한 침착하게 문을 노크했고, 문을 열어준 남자에게 두꺼운 봉투를 내밀었다.

"그분께서는 지금 집에 안 계십니다." 문을 열어준 남자가 말했다. "하지만 쪽지를 남겨주시고 내일 일찍 다시 오시면 그분께서 당신을 만나실지 여부와 이곳을 방문하실 시간을 제가 당신에게 알려줄 수 있을 겁니다. 가져오신 박스는 이곳에 두고 가시겠습니까?"

"당연히 그래야죠." 사일러스가 큰소리로 대답했다. 그리고 다음 순간 자신이 너무 경솔하게 대답했다고 후회한 사일러스는, 역시 큰소리로 강조하듯이, 그 박스를 호텔로 다시 가져가겠다고 단언했다.

근처를 어슬렁대던 무리는 그런 사일러스의 우유부단한 행동을 야유했고, 서둘러 마차로 돌아가는 사일러스를 뒤따르며 욕설까지 해댔다. 수치심과 공포심에 휩싸인 사일러스는 인근에 조용하고 편안히 쉴 수 있는 곳이 있으면 그곳으로 자신을 안내해달라고 마부와 퐷말남자에게 부탁했다. 왕자의 마차는 크레이븐 가(Craven Street)의 크레이븐 호텔로 불리는 허름한 여관 앞에 사일러스를 내려주고는 부리나케 달아나버렸다. 호텔 4층에 딱 하나 남아있던 토굴처럼 비좁은 객실의 창문은 여관의 후방으로 뚫려있었다. 이 은

신처로 사라토가트렁크를 운반하는 여관의 억센 일꾼 두 명은 연신 불평불만을 늘어놓았다. 그랬으니 사일러스는 아무 말도 하지 못하고 그들의 뒤를 졸졸 따라 계단을 올라갈 수밖에 없었다. 왜냐면 사일러스는 '저들이 자칫 한 발이라도 헛디딘다면 계단난간을 넘어 딱딱한 손님대기실 바닥에 떨어진 트렁크가 치명적인 내용물을 적나라하게 토해낼지 모른다'고 걱정했기 때문이다.

이윽고 객실에 도착한 사일러스는 침대의 가장자리에 엉덩이를 걸치고 나서야 비로소 고민을 털고 안도의 한숨을 쉬었다. 하지만 두 일꾼 중 구두닦이일도 겸하는 일꾼이 트렁크 옆에 무릎을 꿇고 꼼꼼하게 묶인 트렁크 끈을 풀려고 하자 위기감을 느낀 사일러스는 마냥 편히 앉아있을 수만 없었다.

"그대로 둬요!" 사일러스가 소리쳤다. "내가 여기 묵을 동안 거기서 아무것도 꺼내지 않을 테니까."

"그러시려면 교회만큼이나 크고 무거운 저것을 손님대기실에 맡겨 두셨어야죠." 구두닦이가 투덜거렸다. "저 안에 도대체 뭐가 들어있는지 도통 모르겠군. 저게 모두 돈이라면 당신은 나보다 훨씬 더 부자시겠군요."

"돈이라고요?" 갑자기 불안해진 사일러스가 반문했다. "돈이라니, 그게 무슨 말이요? 나한텐 돈이 없어요. 당신은 농담도 잘하는군."

"좋습니다, 각하." 구두닦이는 한쪽 눈을 찡긋하여 대꾸했다. "각하의 돈을 건드릴 사람은 아무도 없습죠. 나만큼 안전한 은행도 없고요. 하지만 저 박스는 너무 무겁습니다. 그러므로 저는 각하의 건강을 기원하는 건배도 마다하지 않겠습니다."

사일러스는 구두닦이에게 수고비조로 40프랑을 건네며 외국돈이라서 미안하다고 말하고 자신이 귀국한 지 며칠 되지 않아서 그렇다고 변명했다. 그러자 구두닦이는 훨씬 더 과격하게 불평하며 자신의 손바닥에 놓인 프랑스화폐와 트렁크를 멸시하듯이 번갈아 쏘아보다가 마침내 객실에서 물러났다.

시체가 사일러스의 트렁크에 봉인된 지 거의 이틀이나 지났다. 이 불행한 뉴잉글랜드 청년은 객실에 홀로 남겨지자마자 트렁크에 찢긴 자리나 벌어진 틈새가 없는지 모든 신경을 집중하여 꼼꼼히 살피며 냄새를 맡아보았다. 그러나 쌀쌀한 날씨 덕분에 냄새는 나지 않았고, 트렁크는 여전히 그 충격적인 비밀을 품에 잘 간직하고 있었다.

트렁크 옆에 놓인 의자에 앉아 두 손으로 얼굴을 감싸 쥔 사일러스는 자신의 처지를 여느 때보다도 깊이 숙고했다. 그는 자신이 그토록 재빨리 구원받지 못했다면 발각되는 것은 시간문제였다고 확신했다. 그는 친구도 동료도 없는 이 낯선 도시에 홀로 내버려진 신세에서 박사의 지시가 자신의 기대를 저버린다면 뉴잉글랜드로 영영 돌아가지 못할 것이 분명하다고 생각했다. 자신의 야심만만한 장래계획들을 애처롭게 돌이켜보던 사일러스는 이제 미국 메인 주(Maine 州) 뱅거(Bangor)에 있는 고향으로 금의환향하여 영웅대접을 받는 명연설가가 되기도 틀려먹었다고 생각했다. 그는 지난날 꿈꾸던 관직들과 명예들로 가득한 장밋빛 미래도 물거품이 되어버렸다고 생각했다. 또한 그는 국민들의 환호를 받는 미국대통령이 되겠다는 포부도, 가장 기발한 자신의 동상을 워싱턴 국회의사당에 남기겠다는 포부도 모두 일순간에 수포로 돌아갈지 모른다고 생각했다. 그러다가 사일리스는 지금 반으로 접혀 사라토가트렁크에 구겨넣어져있는 잉글랜드 남자의 시체에 속박된 자신의 처지를 상기하고 생각했다. 속박을 벗어나 도망치느냐, 아니면 국민적 영웅이 되기를 포기하느냐!

그리고 사일러스는 박사, 살해된 남자, 마담 제피린, 여관의 구두닦이, 왕자의 하인들, 요컨대 자신의 끔찍한 불행과 조금이라도 관계가 있다고 여겨지는 모든 사람에게 자신이 했던 말들을 하나하나 되짚어보았다.

7시쯤 사일러스는 저녁을 먹기 위해 조용히 객실을 나와서 계단을 살금살금 내려갔다. 실내가 온통 노랗게 칠해진 다방으로 들어서던 사일러스는 그곳에서 저녁을 먹던 사람들이 의심스러운 눈길로 자신을 주목하는 듯해서 흠칫 놀랐는데, 왜냐면 그 순간에도 그의 신경은 4층 객실에 두고 나온 사라토가트렁크에 붙들려있었기 때문이다. 웨이터가 치즈를 들고 다가왔을 즈음에는 이미 극도로 예민해진 사일러스가 의자에서 벌떡 일어서는 바람에 식탁 위의 맥주가 반쯤 담긴 잔이 넘어졌다.

웨이터는 그렇게 허둥대는 사일러스를 보고 흡연실로 가서 쉬시라고 권유했다. 사일러스는 당장이라도 자신의 위험한 보물이 있는 곳으로 돌아가고 싶었다. 하지만 그에게는 웨이터의 권유를 거절할 용기도 없었다. 웨이터가 가리키는 아래층은 크레이븐 호텔의 흡연실처럼 생긴, 혹은, 흡연실처럼 보이게 꾸며졌으되 가스조명등만 걸린 어두컴컴한 지하실처럼 보였다.

그곳에는 아주 초라하게 보이는 두 남자가 내기당구를 쳤고, 가련한 폐병환자처럼 보이는 계산원이 당구대를 응시하고 있었다. 그 순간 사일러스는 흡연실에는 이 사람들밖에 없다고 상상했다. 하지만 다시 살펴보니 가장 구석진 자리에 앉아 흡연하는 사람 한 명이 눈에 띄었다. 두 눈을 지그시 내려뜬 그 흡연자는 그곳에서는 그나마 가장 신분이 높고 점잖아 보였다. 사일러스는 전에 봤던 사람이라는 것을 곧바로 알아차렸다. 그 흡연자는 전에 봤을 때와 전혀 다른 옷차림을 하고 있었지만, 박스코트의 진입로 푯말에 앉아 있다가 사일러스의 트렁크 운반을 도와준 남자였다. 사일러스는 재빨리 몸을 돌려 4층까지 한 번도 쉬지 않고 내달린 끝에 자신의 객실로 뛰어들더니 문을 급히 닫고 빗장을 걸었다.

그때부터 사일러스는 시체가 봉인된 치명적인 박스 옆에서 가장 끔찍한 상상들에 시달리며 뜬눈으로 밤을 새기 시작했다. 트렁크에 돈이 가득한 줄 알았다던 구두닦이의 말도 그의 마음에서 새로운 공포심을 유발했다. 그래서 잠시도 눈을 붙이지 못했다. 게다가 사일러스는 '박스코트에서 빈둥대던 풋말남자가 빤한 변장을 하고 지금 흡연실에 앉아있던 모습'을 상기하며 '사일러스 자신이 지금 또다시 흉악한 어떤 음모들에 휘말렸다'고 확신했다.

그렇게 밤이 깊어졌고, 그때까지 불안한 의혹들에 시달리던 사일러스는 방문을 열고 머리를 내밀어 복도를 유심히 살폈다. 가스등 하나만 복도를 희미하게 밝히고 있었다. 복도를 주시하던 사일러스는 방문으로부터 조금 떨어진 복도의 바닥에서 여관 잔심부름꾼 옷을 입은 채로 잠든 남자를 발견했다. 사일러스는 발끝걸음으로 살금살금 그 남자에게 다가갔다. 그 남자는 등을 반쯤 바닥에 대고 옆으로 누워 오른쪽 팔뚝으로 얼굴을 가린 채 잠들어서 사일러스가 그 남자의 정체를 확인하기 어려웠다. 그 남자의 얼굴을 확인하려고 사일러스가 몸을 숙일 찰나 그 남자가 갑자기 오른팔을 펴더니 눈을 떴다. 사일러스는 다시금 박스코트의 풋말남자와 직면했다.

"안녕하시오, 선생." 그 남자가 웃으며 말했다.

하지만 사일러스는 너무나 심각해져서 아무 대꾸도 못하고 자신의 방으로 다시 들어갔을 따름이다.

시간이 흘러 아침이 가까워지고 불안감도 서서히 잦아들자 사일러스는 의자에 앉아 머리를 트렁크에 얹은 채로 잠들었다. 그토록 불편한 자세로, 더구나 그토록 소름끼치는 베개를 베고도, 꾸벅꾸벅 졸듯이 아침 늦게까지 겉잠을 자던 사일러스는 시끄럽게 방문을 두드리는 소리를 듣고 화들짝 눈을 떴다.

사일러스가 허겁지겁 방문을 여니 구두닦이가 서있었다.

"당신이 어제 박스코트를 찾아왔던 신사요?" 구두닦이가 물었다.

사일러스는 떨리는 목소리로 그렇다고 대답했다.

"그러면 이 쪽지는 당신 게 맞아요." 구두닦이가 봉인된 봉투를 내밀었다.

사일러스는 봉투를 찢고 쪽지를 꺼내보았다. 쪽지에는 "12시"라는 글자가 적혀있었다.

그는 12시 정각에 박스코트 3번지 집에 도착했다. 건장한 하인 몇 명이 트렁크를 운반했다. 사일러스는 그 집의 어떤 방으로 안내되었다. 그 방에는 남자 한 명이 방문을 등지고 의자에 앉아 벽난로를 쬐고 있었다. 여러 사람이 방을 들락거리는 소리와 트렁크를 들지 않고 맨바닥에 대고 질질 끌 때 나는 소리가 뒤섞인 소음들도 그 남자의 주의를 끌지 못하는 듯했다. 사일러스는 자신의 존재를 그 남자가 알아줄 때까지 두려움을 견디며 선 채로 기다렸다.

그렇게 5분쯤 지났을 무렵 그 남자가 사일러스를 향해 천천히 몸을 돌렸다. 그 남자는 다름 아닌 보헤미아 왕자 플로리즐이었다.

"그래, 자네로군." 왕자가 매우 엄중히 말했다. "내가 자네한테 보여준 예의를 자네는 이런 식으로 모욕하는군. 나는 자네가 그저 자네의 범죄들이 초래할 결과들을 회피하고 싶었을 따름이라서 지체 높은 사람들 사이에 섞여들었다고 짐작했네. 그래서 어제 나는 자네에게 먼저 말을 걸면서 자네의 곤란한 처지를 쉽게 이해할 수 있었지."

"진실로 말씀드립니다만." 사일러스가 소리쳤다. "저에게 닥친 불운을 제외하면 저는 완전히 결백합니다."

그리고 다급해진 목소리로, 그러나 최대한 솔직하게, 자신이 겪은 참담한 불행의 전말을 왕자에게 낱낱이 해명했다.

"나도 내가 오해했다는 것을 안다네." 사일러스의 해명을 끝까지 들은 왕자가 말했다. "자네는 단지 희생자일 뿐이야. 그래서 나는 자네를 처벌하지 않을 것이니만큼 자네는 내가 최대한 자네를 도우리라고 확신할 수도 있을 것이네. 그러면 지금부터 일을 시작해볼까. 일단 저 박스를 열고 내용물을 보여주게."

사일러스의 안색이 일변했다.

"저는 무서워서 도저히 그것을 못 보겠습니다." 그가 고함쳤다.

"아니, 그래서야 쓰나." 왕자가 말했다. "자네는 이미 그걸 보았지 않나? 그런 감상 따위는 참아야 해. 이로웠거나 해로웠든, 사랑스러웠거나 증오스러웠든 상관없이 똑같이 보이는 시체의 겉모습에 비하면 우리가 아직 도울 수 있는 살아있는 병자의 겉모습이 더 빠르게 우리의 감정들에 영향을 끼치지. 그러니까 안심하게나, 스큐다머 군." 그리고 여전히 망설이는 사일러스에게 덧붙여 말했다. "나는 다만 트렁크의 내용물만 확인하고 싶을 뿐 다른 욕심은 나에게는 없다네."

사일러스는 갓 악몽에서 깬 듯이 몸을 움찔했는데, 사라토가트링크의 끈을 풀고 자물쇠를 열면서도 몸을 부르르 떨며 극심한 거부감을 드러냈다. 왕자는 뒷짐을 지고 옆에 서서 태연한 표정으로 사일러스의 행동을 지켜보았다. 시체는 아주 딱딱하게 굳어있었다. 그래서 사일러스는 시체를 트렁크에서 꺼내 시체의 얼굴을 드러내기 위해 도덕적으로나 육체적으로 대단한 노력을 기울여야 했다.

플로리즐 왕자는 고통과 경악을 동시에 표현하는 비명을 내지르며 뒷걸음하기 시작했다.

"아, 세상에 이럴 수가!" 왕자가 고함쳤다. "스큐다머 군, 자네가 어찌 알겠는가. 나에게 자네가 가져온 것이 얼마나 가혹한 선물이라는 것을. 이것은 바로 나를 수행하던 청년, 나의 가장 절친한 벗의 동생이란 말일세. 그는 내가 명령한 임무를 이행하다가 사납고 배은 망덕한 놈들의 손에 걸려 저렇게 죽고 말았어." 그리고 왕자는 혼잣말하듯이 말했다. "가엾은 제럴딘, 자네 동생의 참담한 죽음을 두고 내가 무슨 말을 더하겠어? 감당도 못할 계획을 세워 자네 동생을 이토록 참담하고 어이없이 죽게 만든 내가 어찌 자네 앞에서, 혹은 하나님 앞에서, 용서를 구할 수 있겠나? 아, 플로리즐! 플로리즐! 너는 필멸할 인생에 어울리는 명철한 분별력을 언제 습득하겠느냐! 네가 마음대로 주무르는 권력의 환상에 현혹되지 않을 때가 언제 오겠느냐! 권력!" 왕자는 탄식했다. "나보다 무기력한 자가 또 있을까? 나는 내가 희생시킨 이 청년을 그저 망연히 바라볼 수밖에 없네, 스큐다머 군. 왕자의 지위라는 것도 참으로 하찮게 느껴져."

사일러스의 감정도 덩달아 북받쳤다. 몇 마디 위로의 말을 중얼거리던 사일러스는 급기야 눈물을 터뜨리고 말았다. 사일러스의 진심을 감지한 왕자는 그에게 다가가서 그의 손을 잡았다.

"이제 눈물을 거두게." 왕자가 말했다. "우리는 모두 많은 교훈을 얻었어. 그리고 오늘 우리의 만남은 우리를 더욱 성숙한 인간들로 만들어줄 것이네."

사일러스는 감동어린 시선으로 말없이 왕자에게 고마움을 표시했다.

"이 쪽지에 노엘 박사의 주소를 적어주게." 사일러스를 책상으로 데려가며 왕자가 말했다. "그리고 자네에게 충고하건대, 자네는 파리로 돌아가서도 그 위험한 작자가 주최하는 모임은 피해야 할 거야. 이번 일도 영악하기 그지없는 그자가 꾸몄어. 나는 그렇다고 확신하네. 그자가 만약 젊은 제럴딘의 죽음에 내밀히 관여했다면, 진범을 보호하느라 시체를 여기로 급송했을 리는 결코 없었을 테니까 말이야."

"진범이라니!" 경악한 사일러스가 말했다.

"물론이지." 왕자가 대답했다. "전능하신 하나님의 신묘하신 안배 덕분에 내가 입수할 수 있었던 이 쪽지는 진범이 바로 그 흉악한 자살클럽회장놈이라는 것을 알려주었지. 이 위험한 사건의 전말은 이제 더 캐보지 않아도 돼. 하지만 자네가 기적적으로 탈출했다고 마냥 안심하면 안 돼. 그러니까 자네는 당장 이 집을 떠나게. 나는 지금 업무를 처리해야 하고, 또 얼마 전까지만 해도 그토록 씩씩하고 잘생겼던 이 청년의 가엾은 시신도 당장 수습해야 하네."

사일러스는 플로리즐의 충고를 기쁘게 충심으로 받아들여 집을 나섰지만, 그 집을 방문한 경찰관 헨더슨(Henderson) 대령이 고급 마차를 타고 그 집을 떠날 때까지 박스코트를 서성거렸다. 한때 공화주의자였던 이 미국청년은 멀어져가는 마차를 향해 거의 경건하다고 할 만한 감상에 젖어 모자를 벗고 정중히 고개를 숙였다. 그리고 그날 밤 청년은 파리로 가는 기차에 몸을 실었다.

(나에게 이 사연을 이야기해준 아라비아인은 다음과 같이 덧붙였다) "이리하여 「의사와 사라토가트렁크에 얽힌 사연」은 끝납니다. 여기서 나는 태초부터 지극히 온당하지만 우리 서양인들의 취향에는 거의 들어맞지 않는 하나님의 권능에 대한 몇 가지 고찰은 생략하고, 다만 스큐다머 군은 이미 정계에 진출하여 평판을 쌓기 시작했고 그의 고향에서 치안행정관으로 선출되었다는 사실만 더 말해두고자 합니다."

이륜마차를 타고 겪은 모험

브래컨베리 리치(Brackenbaury Rich) 대위는 인디아의 반란군들을 상대한 어느 전투에서 대단한 공훈을 세웠다. 반란군 대장을 직접 생포하기도 했던 브래컨베리의 용맹성은 고국에서 널리 유명해졌다. 험난한 전투와 열대지역의 열병에 오랫동안 시달린 끝에 쇠약해진 몸으로 귀향하는 브래컨베리를 위로하기 위해 고향사람들은 조촐한 환영잔치를 준비했다. 하지만 그의 성격은 아주 담백하고 겸손했다. 그는 모험을 사랑했지만, 과도한 찬사를 별로 좋아하지 않았다. 그래서 그는 자신이 세운 공훈들의 유명세가 화무십일홍처럼 망각되기 시작할 때를 기다리며 외국의 해변휴양지들과 알제[19]에서 외유했다. 그러다가 해가 바뀌고 연초(年初) 무렵에야 비로소 그는 자신의 바람대로 사람들의 눈에 거의 띄지 않게 조용히 런던에 도착했다. 그는 고아로서 성장했고, 친지들도 시골에서 살아가는 먼 친척들뿐이었으므로, 그가 피 흘려 봉사한 조국의 수도(首都)에 안착했어도 그는 거의 외국인이나 다름없었다.

런던에 도착해서 하루를 보낸 다음날 브래컨베리는 군인회관에서 홀로 저녁식사를 했다. 그곳에서 옛 전우 몇 명을 만나 악수했고 귀환을 축하하는 인사말을 그들한테서 들었다. 하지만 그들과 함께 저녁시간을 보내는 동안 브래컨베리는 자신이 그들과 전혀 어울리지 않는다는 것을 알았다. 극장에서 연극을 구경하고 싶어진 그는

---

19 Algiers: 북아메리카 알제리(Algeria)의 수도(首都). '알제리'는 1830년부터 프랑스의 식민지였다가 1962년 독립한 '알제리 인민민주공화국(People's Democratic Republic of Algeria)'의 약칭이다.

윗도리를 챙겨 입었다. 하지만 런던은 대위에게는 낯선 대도시였다. 시골의 고등학교를 졸업한 그는 사관학교에 입학했고, 졸업해서 브리튼 제국의 동부군[20] 장교로 임관했다. 그 시절 그는 이 세계에서 다양한 즐거움들을 탐험해보겠다고 다짐했다.

이윽고 군인회관을 나선 그는 한 손으로 지팡이를 휘휘 돌리다가 서쪽으로 방향을 잡았다. 하지만 시간은 이미 저녁 9시여서 날은 완전히 어두웠고 이따금 비가 내리기도 했다. 가로등불빛 아래를 스쳐가는 행인들의 얼굴들은 대위의 상상력을 자극했다. 그는 그토록 자극적인 도시의 분위기 속에서 400만 명이나 되는 사람들의 사생활이 품은 수수께끼에 둘러싸여 영원히 산책할 수 있다는 듯이 계속 걸었다. 그는 도로변의 집들을 구경했고, 따뜻한 빛이 새어나오는 그 집들의 창문 뒤에서는 벌어지고 있을 일들을 궁금하게 여겼다. 그는 행인들의 얼굴들을 하나씩 차례로 관찰하면서 그들이 몰두할 범죄적 관심사나 유쾌한 관심사를 읽어내려고 애쓰기도 했다.

'그들은 전쟁에 관해 이야기한다.' 그는 생각했다. '하지만 이곳이야말로 인류의 거대한 전쟁터이다.'

그러다가 그는 자신이 과연 이 복잡한 도심을 장시간 걸어 다닐 필요가 있는지, 그리고 모험 비슷한 것조차도 못해보지 않을지 의심하기 시작했다.

---

20 Easter Empire: 이 표현은 브리튼의 식민지이던 인디아에 주둔한 브리튼 군대를 가리키는 것으로 추정된다.

'모두가 편안한 밤이야.' 그는 생각했다. '나는 여전히 이방인이고, 또 어쩌면 이방인의 분위기를 풍길지도 모르지. 그래도 나는 얼마 지나지 않아 소용돌이에 휘말릴 것이 틀림없어.'

어느새 밤은 깊어졌고, 어둠을 뚫고 느닷없이 차가운 폭우가 쏟아졌다. 급히 비를 피해 가로수들 밑에 서있던 브래컨베리는 자신을 보고 손짓하는 이륜마차의 마부를 발견했다. 그렇게 우연히 행운을 만난 브래컨베리는 곧바로 지팡이를 들어 올리며 마부에게 화답했고, 런던유람마차까지 곧장 달려가서 편안히 자리를 잡고 앉았다.

"어디로 모실까요?" 마부가 물었다.

"당신이 가고 싶은 곳으로." 브래컨베리가 대답했다.

그 즉시 출발한 이륜마차는 놀랍도록 빠른 속도로 폭우를 뚫고 주택가의 미로(迷路) 같은 골목길을 누비듯 질주했다. 주택가의 집들은 저마다 정원을 하나씩 가져서 모두 비슷비슷해보였고 마차가 바람처럼 질주하는 가로등 꺼진 도로들과 가로(街路)들도 거의 분간되지 않았기 때문에 브래컨베리는 순식간에 방향감각을 완전히 잃어버렸다. 그는 마부가 좁은 주택가의 구석구석을 그에게 구경시키는 일을 즐긴다고 애써 믿고 싶었다. 하지만 그토록 빠르게 질주하는 마차의 속도를 감안하면 마부가 불순한 어떤 의도를 품은 것이 분명하다는 생각도 브래컨베리의 뇌리를 스쳤다. 브래컨베리는 마부가 분명한 의도를 품고 어떤 목적지를 향해 달리느라 마차를 과격하게 몬다고 확신했다. 그런 와중에도 브래컨베리는 주택가의

미로에서도 거침없이 마차를 모는 마부의 솜씨에 일단 놀랐고, 마부가 그토록 서두르는 이유도 어렴풋이나마 짐작할 수 있었다. 왜냐면 브래컨베리는 런던에서 불상사를 당한 이방인들의 소문을 듣곤 했기 때문이다.

'그렇다면 이 마부도 잔인하고 흉악한 단체의 일원일까?' 브래컨베리가 생각했다. '그리고 나도 악랄한 죽음의 소용돌이로 빠져들고 있을까?'

하지만 브래컨베리의 이런 상념들도 마차가 어느 길모퉁이를 급하게 꺾어 돌아 기다랗고 넓은 도로변에 있는 저택의 정원출입문 앞에 급정거했을 때는 거의 사라져버렸다. 눈앞에 보이는 저택은 휘황한 조명에 휩싸여있었다. 또다른 이륜마차가 그곳을 떠날 즈음 브래컨베리는 저택의 현관문 앞에서 신분을 밝히는 신사 한 명을 제복차림의 하인 여러 명이 영접하는 광경을 목격할 수 있었다. 연회가 진행되는 저택의 정문 앞에 마차를 정확히 급정거시킨 마부의 솜씨는 브래컨베리를 놀라게 했다. 하지만 곧 그런 상황을 우연일치로 믿어버린 그는 자신의 머리 위로 마차덮개가 열리는 소리가 들릴 때까지 느긋하게 담배를 피우며 앉아있었다.

"바로 이곳입니다, 손님." 마부가 말했다.

"이곳이라니!" 브래컨베리가 반문했다. "이곳이 어딘가?"

"손님께서는 제가 가고 싶은 곳으로 가라고 말씀하셨죠." 마부가 싱글벙글 웃으며 대답했다. "그곳이 바로 이곳입니다."

브래컨베리는 하급신분에 속하는 마부의 목소리가 굉장히 유려하고 정중하다는 사실에 놀랐다. 그리고 브래컨베리는 마차를 고속으로 몰던 마부의 솜씨를 상기했다. 그 순간 그는 자신이 타고 온 마차가 여느 일반적인 마차들보다 훨씬 더 고급스럽게 꾸며졌다는 사실을 깨달았다.

"나는 자네에게 해명해달라고 요구해야겠네." 브래컨베리가 말했다. "자네는 무슨 의도로 나를 빗속에서 구해주었나? 이보시게, 나는 나에게만 선택권이 있었던 것은 아니라고 보네."

"선택권은 분명히 손님의 것입니다." 마부가 대답했다. "하지만 제가 손님께 모든 것을 설명했다면 손님 같은 신사님께서 어떻게 결정하셨을지 저는 잘 압니다. 지금 이 저택에서는 신사님 같은 분들을 위한 연회가 진행됩니다. 물론 저는 연회의 주최자가 런던에 처음 와서 아무도 모르는 이방인인지 아니면 기발한 생각들의 소유자인지 잘 모릅니다. 하지만 저는 야회복차림으로 혼자 다니시는 신사님들 중에서 저의 마음에 드는 분을, 그러나 이왕이면 군인장교님을, 유인하여 이곳으로 모셔오게끔 고용된 일꾼이 분명합니다. 손님께서는 곧바로 저택으로 들어가셔서 모리스 씨(Mr. Morris)의 초대를 받고 왔다고만 말씀하시면 됩니다."

"당신이 모리스 씨요?" 브래컨베리가 캐물었다.

"아, 저는 아닙니다." 마부가 대답했다. "모리스 씨는 저택 안에 있는 사람입니다."

"기이한 방식으로 손님들을 초대하는군." 브래컨베리가 말했다. "하지만 기인(奇人)은 본시 타인을 불쾌하게 만들 의도를 품지 않고 기행(奇行)을 즐길 가능성이 농후하지. 그런데 만약 내가 모리스 씨의 초대를 거절한다면 어찌되나?"

"그러면 저는 손님께서 저의 마차를 타셨던 곳까지 데려다 드려야 합니다." 마부가 대답했다. "그리고 저는 한밤중까지 다른 분들을 물색해야 하죠. 모리스 씨는 그런 모험을 즐기지 않는 분들은 자신의 손님이 아닐 거라고 말했으니까요."

이런 마부의 대답에 솔깃해진 브래컨베리는 초대에 응하기로 결심했다.

'하여간 잘 됐군.' 브래컨베리는 마차에서 내리며 생각했다. '나의 모험을 찾아 길거리를 헤맬 필요가 없어졌으니 말이야.'

도로의 흙탕물을 피해 가까스로 보행자도로에 발을 내딛던 브래컨베리는 자신이 마차운임을 아직 지불하지 않았다는 사실을 떠올렸다. 그때 급히 방향을 전환한 마차는 왔던 길로 역시 바람처럼 빠르게 질주하기 시작했다. 브래컨베리는 큰소리로 마부를 불렀지만 마부는 뒤도 돌아보지 않고 줄행랑치듯 마차를 몰고 가버렸다. 그런데 브래컨베리가 지른 고함소리가 저택 안에까지 들렸고, 현관문이 다시 열리면서 밝아진 정원으로 하인이 우산을 들고 뛰어나와 브래컨베리를 맞이했다.

"마부는 운임을 이미 지불받았습니다." 하인이 매우 정중한 목소리로 말했다. 그리고 하인은 정원의 오솔길을 걸어서 현관계단을 올라 현관문 앞까지 브래컨베리를 안내했다. 현관문을 통해 혼자 대기실로 들어간 브래컨베리를 또다른 하인 몇 명이 맞이했다. 브래컨베리의 모자, 지팡이, 외투를 받아든 하인들은 번호가 적힌 표를 브래컨베리에게 건네주고 같은 층 다른 방의 문을 지나 열대꽃나무들로 장식된 계단을 올라 위층까지 정중하고 신속하게 브래컨베리를 안내했다. 위층 계단이 끝나는 곳에 근엄한 표정으로 서있던 집사가 브래컨베리에게 이름을 물었다. 집사는 "브래컨베리 리치 대위요."라는 대답을 듣고 브래컨베리를 저택의 응접실로 안내했다.

날씬하고 기막히게 잘생긴 청년이 다가오더니 정중하면서도 다정하게 브래컨베리에게 인사했다. 최고급 양초 수백 개가 밝혀진 응접실 가장자리에는 희귀하고 아름다운 꽃나무화분이 거의 빈틈없이 비치되어 브래컨베리가 계단에서부터 맡았던 향기를 한껏 뿜어내고 있었다. 응접실 한 쪽의 식탁에는 먹음직스러운 음식들이 차려져있었다. 하인 여러 명이 과일들과 샴페인술잔들을 가져와서 식탁 위의 적당한 곳에 올려놓았다. 응접실에 있는 사람들은 16명쯤이었는데, 모두가 왕성하게 활동할 장년기의 남자들이었고, 거의 예외없이 씩씩하고 유능한 실력자들로 보였다. 그들은 두 무리로 나뉘었는데, 한 무리는 룰렛 원반 주위에 모여 있었고 다른 무리는 식탁 주위에 모여 있었다. 식탁 주위에 있는 자들 중 한 명은 바카라 카드 한 벌을 손에 쥐고 있었다.

'이제야 알겠군.' 브래컨베리가 생각했다. '나는 지금 비밀도박 살롱에 들어왔고, 그 마부는 호객꾼이었어.'

그는 자신을 초대한 청년과 악수하는 동안에도 눈으로는 응접실의 모든 것을 일별하고 마음속으로는 상황을 판단했다. 그렇게 신속히 상황을 판단한 브래컨베리는 청년에게 눈을 돌렸다. 브래컨베리는 그 청년을 다시 보며 처음 봤을 때보다 더 놀랐다. 예의범절, 기품, 온후함, 용기가 어우러진 편안하고 우아한 청년 모리스 씨의 외모와 거동들은 지옥의 폭군 같은 인물을 예상하던 브래컨베리의 선입견들을 완전히 벗어났기 때문이다. 대화하는 모리스 씨의 음조도 지위와 격조를 겸비한 남자의 것으로 보였다. 브래컨베리는 자신을 환대하는 모리스 씨에게 본능적인 호감을 느꼈다. 그래서인지 브래컨베리는 비록 자신의 우유부단함을 자책하면서도 모리스 씨의 인품과 성격에 친숙하게 이끌리는 자신의 마음을 이기지 못했다.

"말씀 많이 들었습니다, 리치 대위님." 모리스 씨가 나지막한 목소리로 말했다. "이렇게 대위님을 만나니 반갑기 그지없네요. 대위님의 풍모는 인디아를 떠나 귀국하시기 전부터 들려오던 대위님의 명성과 전혀 다르잖아 보입니다. 대위님께서 저희 집에서 머무실 동안에나마 어색해하시지 않고 편히 지내신다면 저에게는 영광이요 진정한 기쁨이 될 것입니다." 모리스 씨가 웃으며 말했다. "이곳에선 바바리아의 기사들처럼 두둑한 배짱을 가진 남자라면 무례를 당해도, 그러니까 아무리 심한 무례를 당해도 놀라지 않을 것입니다."

그리고 모리스 씨는 대위를 안내하여 식탁에 차려진 음식들을 권했다.

대위는 모리스 씨를 따라가며 생각했다. '이거 참, 이 사람은 가장 반가운 동료들 중 한 명이고, 내가 확신컨대, 이 모임은 런던에서 가장 유쾌한 모임들 중 하나로군.'

샴페인을 한 모금 마셔본 브래컨베리는 맛이 뛰어나다고 느꼈다. 그곳의 많은 사람들이 이미 흡연을 즐기고 있는 모습을 본 브래컨베리도 호주머니에서 마닐라스(Manillas) 담배 한 개비를 꺼내 입에 물고 불을 붙였다. 그리고 룰렛 원반 쪽으로 걸어간 그는 이따금 돈을 걸기도 하고 돈을 딴 사람을 보면 빙긋 웃어주기도 했다. 그렇게 느긋하게 사람들과 어울리는 동안 브래컨베리는 그곳의 모든 손님을 예리하게 주시하는 시선을 느꼈다. 모리스 씨는 외견상 응접실을 이리저리 돌아다니며 손님들을 대접하느라 분주한 듯이 보였다. 하지만 어떤 의도를 품은 그의 눈은 줄곧 기민하게 움직였다. 응접실에 있는 누구도 그의 돌연하면서도 집요한 시선을 피할 수 없었다. 그는 많은 돈을 잃은 사람의 거동을 유심히 관찰했고, 도박판에 걸린 돈의 총액을 가늠했으며, 진지한 대화를 나누는 두 사람의 뒤에 조용히 서서 대화를 엿듣기도 했다. 요컨대, 모리스 씨는 그곳에서 자신의 존재를 거의 드러내지 않으면서 모든 것을 관찰하여 기억해두려는 듯이 보였다. 브래컨베리는 이곳이 진짜 도박굴이 아닌지 의심하기 시작했다. 그곳에는 서로를 은밀히 탐색하는 분위기가 만연했기 때문이다. 브래컨베리는 모리스 씨의 일거수일투족을 관찰하기 시작했다. 모리스 씨는 비록 친절한 미소를 머금기는 했어도 마치 가면을 쓴 듯이 매섭고 초조하며 열렬한 정신을 숨기고 있는 듯이 보였다. 모리스 씨의 주위에 있는 사람들은 웃으며 도박을 즐겼지만, 브래컨베리는 어느새 그런 손님들에 대한 흥미를 잃어버렸다.

'모리스라는 이 청년은 놈팡이는 결코 아니군.' 브래컨베리가 생각했다. '그의 심중엔 뭔가 깊은 의도가 있어. 그게 궁금하단 말이야.'

그즈음 모리스 씨가 손님들 중 한 명을 따로 조용히 불러 곁방으로 데려갔다. 그곳에서 잠시 대화를 나눈 모리스 씨는 혼자 응접실로 돌아왔고, 그와 함께 곁방으로 갔던 손님은 다시는 응접실에 나타나지 않았다. 다른 손님 몇 명도 그렇게 모리스 씨와 함께 곁방으로 갔다가 사라졌다. 그런 과정은 브래컨베리의 호기심을 대단히 자극했다. 그는 이 작은 미스터리를 파헤쳐보기로 결심했다. 응접실을 어슬렁거리며 배회하다가 슬그머니 곁방으로 들어선 그는 방안의 두꺼운 벽에서 한 사람이 몸을 숨길만한 벽감(壁龕)처럼 움푹한 공간에 달린 창문 하나를 발견했다. 그 공간의 상단에는 창문을 가리는 세련된 녹색커튼이 드리워져 있었는데, 그는 서둘러 녹색커튼 뒤로 몸을 숨겼다. 그런 지 얼마 지나지 않아 응접실로부터 곁방으로 들어오는 사람들의 발걸음소리와 목소리가 그의 귀에 들렸다. 커튼의 벌어진 틈새로 흘끗 내다보는 그의 눈에 뚱뚱하고 혈색 좋은 사람을 안내하는 모리스 씨의 모습이 포착되었다. 외판원처럼 보이는 뚱보는 응접실 식탁 주위에 있던 무리 중 야비한 웃음과 상스러운 행동거지 때문에 브래컨베리가 기억하던 자였다. 모리스 씨와 뚱보는 창문 바로 앞에 멈췄고, 브래컨베리는 귀를 곤두세웠다.

"더할 나위 없이 송구스러운 말씀을 드려야겠습니다!" 모리스 씨가 지극히 공손한 어조로 말했다. "그리고 저의 말씀이 거슬리게 들리실지라도 기꺼이 저를 용서하실 줄로 확신합니다. 런던처럼 거대한 지역에서는 우발사태들이 연발하기 마련이지요. 저희가 기대할 수 있는 최선은 그런 사태들을 조금이라도 더 늦게 발생하게끔 개선하는 겁니다. 손님께서 혹여 실수라도 하셔서 저의 누추한 집의 명예를 떨어뜨릴까봐 제가 우려한다는 사실을 저는 부정하지 않겠습니다. 솔직히 말씀드리자면, 저는 손님께서 누구신지 전혀 기억하지 못합니다. 존경받는 신사님들 사이에선 단 한 마디 말이면 충분하듯이, 단도직입적으로 여쭙건대, 손님께서는 지금 누구의 집에 계신다고 생각하시는지요?"

"모리스 씨의 집이요." 무척 당황한 듯이 대답하는 뚱보의 표정에는 당황해하는 기색이 역력해졌다.

"존(John) 모리스 씨의 집인가요, 제임스(James) 모리스 씨의 집인가요?" 주인이 따져 물었다.

"뭐라고 드릴 말씀이 없네요." 불운한 뚱보가 대답했다. "신사님을 모르는 내가 여기 더 있을 필요는 없겠군요."

"알겠습니다." 모리스 씨가 말했다. "세상에는 동명이인이 있기 마련이지요. 그래서 저는 경찰이 당신에게 그 사람 집의 번지수를 알려줄 것으로 믿어마지 않습니다. 게다가 당신과 함께 있던 분들을 오랫동안 즐겁게 해드린 저의 오해를 제가 자축한다는 것도 믿어 주시기 바랍니다. 그리고 모쪼록 더욱 정규적인 기회에 우리가 다시 만날 수 있기를 기대하겠습니다. 하여간 당신 친구들을 위해라도 제가 당신을 오래 붙들어두면 안 되겠지요." 모리스 씨가 음성을 높이며 덧붙였다. "존(John), 이 신사님의 외투를 가져다드리게나?"

그리고 모리스 씨는 가장 친절한 자세로 뚱보를 곁방 출입문 앞으로 안내하여 그곳에 대기하던 집사에게 인계했다. 모리스 씨는 커튼 앞을 지나 응접실로 걸어가다가 깊은 한숨을 내쉬었는데, 브래컨베리의 귀에도 그의 한숨소리가 들렸다. 모리스 씨는 무거운 고민 때문에 그런 한숨을 내쉬는 듯이도 보였고, 그의 막중한 임무를 감당하느라 이미 그의 신경이 지칠 대로 지쳐서 그러는 듯이도 보였다.

그즈음부터 한 시간 동안 이륜마차들이 속속 그 집 앞에 도착했고, 모리스 씨는 접대하던 손님들 모두를 일일이 배웅하고 새로운 손님들을 맞이해야만 했으며, 응접실에 있는 손님들의 수는 변함없이 유지되었다. 그러나 시간이 흐를수록 그 집에 도착하는 손님들이 드물어지다가 마침내 하나도 없어졌는데, 그렇게 손님들이 응접실을 들락거릴 동안에도 모리스 씨의 손님접대는 지속되었다. 이윽고 응접실이 비워지기 시작했고, 바카라 게임도 물주들이 떠나면서 중단되었다. 그들 중 적어도 두 명은 동시에 작별인사만 하고 아무런 말없이 떠났다. 그런 와중에도 모리스 씨는 응접실에 아직 남아있는 자들을 정성껏 접대했다. 그는 이 무리에서 저 무리로 이 남자에서 저 남자로 옮겨 다니며 최대한 공감하는 표정으로 말솜씨를 발휘하여 상대방의 비위를 맞춰주었다. 그래서인지 그는 주인이라기보다는 오히려 접대부처럼 보일 지경이었다. 하지만 여성처럼 아양을 떨면서도 정중함을 잃지 않는 그에게 모두가 마음을 빼앗겼다.

응접실에 손님들이 드물어졌을 즈음 곁방을 슬그머니 빠져나온 브래컨베리는 신선한 공기를 찾아 현관 대기실로 걸음을 옮겼다. 하지만 그는 응접실의 문지방을 넘자마자 세상에서 가장 놀라운 장면을 목격한 사람처럼 우뚝 멈춰서버렸다. 계단을 장식하던 꽃들은 모두 사라졌고 정원출입문 옆에는 가구운반용 대형 짐마차 세 대가 서있었다. 하인들은 집안의 모든 가재도구를 들어내어 짐마차들에 싣느라 분주했다. 그들 중 몇 명은 이미 외투를 걸치고 집을 떠날 채비를 갖추기도 했다. 그 장면은 마치 모든 일정을 소화한 시골 무도회가 폐막하는 장면 같았다. 브래컨베리는 몇 가지 문제들을 심각하게 되짚어보기 시작했다. 우선, 요컨대, 진짜 손님들이 아닌 손님들은 집 밖으로 내보내졌다. 그리고 이젠 진짜 하인들일 가능성은 거의 없어 보이는 하인들이 서둘러 집을 떠나는 중이었다.

'그렇다면 이 집의 모든 것이 가짜였다는 말인가?' 그는 스스로에게 물었다. '아침이 되기 전에 사라져버릴 하룻밤 꿈에 불과했단 말인가?'

적당한 기회를 엿보던 브래컨베리는 집의 위층으로 이어진 계단을 급히 뛰어올라갔다. 가서 보니 역시나 그가 예상한 장면이 펼쳐졌다. 그가 이 방 저 방으로 급히 뛰어다니며 살펴보니 각 방에 있던 가구들도 벽에 걸렸던 그림도 모조리 사라지고 텅 비어있었다. 집의 벽면에 칠해졌던 페인트나 발렸던 벽지들은 그대로 남아있었지만 그곳에 거주자도 없었을 뿐더러 누군가 거주했던 흔적조차 없었다. 브래컨베리는 자신이 이 집에 처음 들어섰을 때 거창하면서도 차분하며 친절한 분위기에 놀랐다는 사실을 기억했다. 그렇게 대규모로 사기행각을 벌이려면 막대한 비용이 소모될 수밖에 없었을 것이다.

그렇다면 모리스 씨는 누구였는가? 그는 대관절 무슨 의도를 품고 런던에서도 서쪽으로 멀리 떨어진 빈집에서 그것도 달랑 하룻밤 동안 집주인행세를 했을까? 더구나 그가 길거리에서 물색한 행인들을 아무렇게나 이 집으로 데려와 손님대접을 했던 까닭은 무엇이었을까?

브래컨베리 대위는 자신이 너무 오래 혼자 돌아다녔다는 사실을 기억해내고 응접실로 황급히 걸음을 재촉했다. 그가 없는 동안에도 많은 손님들이 응접실을 떠났다. 그곳에 남아있는 손님들의 수를 세어보니 대위 자신과 모리스 씨를 포함해도 다섯 명뿐이었다. 조금 전까지만 해도 복작거리던 응접실은 한산해졌다. 모리스 씨는 응접실로 다시 들어오는 대위를 보고 웃으며 인사하더니 곧바로 의자에서 일어섰다.

"신사님들, 제가 여러분을 이곳으로 유인한 목적을 드디어 설명해드리겠습니다." 모리스 씨가 말했다. "날은 어두워졌어도 여러분께서 그다지 피곤하시지는 않을 줄로 저는 믿습니다. 제가 말씀드리려는 저의 목적은 여러분께 즐거운 오락시간을 제공하는 것이 아니라 오히려 불행한 운명에서 저를 구제하는 것이었습니다. 여기 계신 모든 신사여러분께선 대단히 정의로워 보이시므로 저에게는 더할 나위 없이 확실한 보증인이 되어주실 줄로 믿습니다. 그래서 솔직히 말씀드리거니와 저는 여러분께 위험하고도 자상하신 도움을 청하고자 합니다. 위험하시다면, 그 까닭은 여러분께서 저를 돕다가 자칫 여러분의 생명이 위태로워질 수도 있기 때문이고, 자상하시다면, 그 까닭은 제가 여러분께서 앞으로 보거나 들을 모든 것에 대한 판단을 저에게 무조건 일임해달라고 부탁해야 하기 때문입니다. 확실히 기이한 이 요청은 실로 우스우리만치 터무니없게 들릴 겁니다. 물론 저도 그런 사실을 잘 압니다. 아울러 말씀드리건대, 지금 제가 드리는 요청의 의미를 충분히 간파하신 분이 계신다면, 그리고 누구인지도 모르는 사람을 위험하게 신뢰하거나 그를 위해 돈키호테처럼 헌신하기가 주저되시는 분이 계시다면…… 저도 그분의 뜻을 십분 존중하여 그분을 정중히 보내드리고 앞길에 행운이 깃들기를 충심으로 기원해마지 않을 것입니다."

그때 키가 너무 커서 그랬는지 몹시 구부정하게 앉아있던 흑인이 벌떡 일어서며 말했다.

"당신의 솔직함에 찬사를 보내외다, 선생. 그래도 나는 내 뜻대로 하겠소. 물론 나는 가타부타하지 않겠소이다. 하지만 내가 당신을 극히 미심쩍게 생각한다는 사실은 부정할 수 없소. 다시 말하건대 나는 내 뜻대로 하겠소. 그러면 아마도 여기서 더 말할 권리는 내게 없다고 당신은 생각하겠지요."

"정반대입니다." 모리스 씨가 대꾸했다. "오히려 저는 당신이 그렇게 말씀해주셔서 고마울 따름입니다. 저의 제안이 지닌 중대성은 아무리 강조해도 지나치지 않을 테니까요."

"그렇다면, 여러분들께선 뭐라고 말하시겠소?" 흑인이 좌중을 둘러보며 말했다. "우리는 저녁시간을 유쾌하게 보냈소. 그러니까 이제 우리 모두 얌전히 귀가하면 되지 않겠소? 여러분들께선 아침에 순수하게 무사히 다시 떠오르는 해를 보며 나의 제안이 훌륭했다고 생각할 것이외다."

흑인은 '순수하게 무사히 다시'라고 말할 때는 더욱 힘주어 말했다. 그렇게 말하는 그의 얼굴표정은 진지하고 의미심장했다. 그때 좌중에서 벌떡 일어선 또다른 남자가 불안한 듯이 서둘러 나갈 채비를 하더니 응접실을 나가버렸다. 이제 응접실에는 브래컨베리 대위와 붉은 코를 가진 퇴역 기병대 소령만 남았다. 하지만 표정변화 없이 태연하게 자리를 지킨 대위와 소령은 각자 상황파악을 하느라 머리를 바삐 굴리면서도 금방 끝난 대화에는 완전히 무관심한 태도를 보였다.

모리스 씨는 응접실을 도망치듯 떠나는 자들을 출입문까지 따라가서 배웅했다. 그리고 안도감과 생동감이 동시에 묻어나는 표정을 지으며 있던 자리로 돌아온 모리스 씨가 두 퇴역장교에게 말했다.

"저는 바이블에 나오는 여호수아[21] 같은 분들을 선택했고, 그래서 저는 지금 제가 런던의 정수(精髓)를 선택했다고 믿습니다. 제가 고용한 마부들이 두 분의 풍모에 호감을 느꼈던가봅니다. 그런 사실은 저에게 기쁨을 안겼습니다. 저는 두 분께서 낯선 남자들 사이에서 그리고 가장 비상한 상황에서 하시는 행동들을 관찰했습니다. 저는 두 분께서 도박을 즐기시는 과정과 돈을 잃으시는 과정도 유심히 관찰했습니다. 그리고 마침내 저는 황당한 제안을 하여 두 분을 시험했고, 두 분께선 그 제안을 만찬초대 같은 것으로 생각하셨습니다. 중요한 것은" 모리스 씨가 외쳤다. "제가 수년간 유럽에서 가장 용감하고 가장 현명한 군주의 벗이자 신하였다는 사실입니다."

그때 소령이 말했다. "번더챙[22] 전투에서 선봉에 나설 자원병(自願兵) 열두 명이 필요하다고 내가 호소하자 지위고하를 막론한 모든 기병대원이 서로 나서겠다고 자원했소. 하지만 도박판은 총알이 빗발치는 전장과 다르오. 물론 내가 짐작하기로 당신은 자원병 두 명을, 그것도 위기에 처한 당신의 기대를 어기지 않을 두 명을 발견

---

21 Joshua: 바이블 중 「구약전서」에서 자주 언급되는 여호수아는 '고대 이집트에서 노예생활을 하던 이스라엘인들을 탈출시켜 독립시킨 구원자로 유명한 모세(Moses)'를 계승한 고대 이스라엘인들의 지도자로 알려진 인물이다.
22 Bunderchang: 소령이 전투했던 어떤 장소로 추정된다.

했다고 흐뭇할 수도 있을게요. 금방 꽁무니를 뺀 두 명은 내가 여태 껏 만나본 사냥개들 중에도 가장 찌질한 것들에 속하외다." 그리고 그는 브래컨베리를 돌아보며 말했다. "리치 대위, 요즘 나는 당신에 관한 이야기를 많이 들었는데, 역시 당신은 내가 듣던 바와 다르지 않군요. 나는 오루크(O'Rooke) 소령이라고 하외다."

그리고 노장(老將)은 전장에서 잔뼈가 굵어 불그스름한 떨리는 손을 내밀어 젊은 퇴역대위에게 악수를 청했다.

"다르지 않은 사람이 있겠습니까?" 브래컨베리가 대답했다.

"이번에 사소한 문제만 처리되면 저는 여러분께 충분히 보답해 드리겠습니다." 모리스 씨가 말했다. "왜냐면 저로서는 그 사람을 다른 사람에게 소개하는 역할 외에 도움이 될 만한 다른 유익한 역할은 전혀 못할 테니까요."

"그렇다면, 지금 해야 할 일이 결투라는 거요?" 오루크 소령이 말했다.

"말하자면, 그런 셈이지요." 모리스 씨가 말했다. "정체를 모르는 위험한 적들을 상대해야 하는 결투입니다. 더구나 그것은 제가 너무나 두려워하는, 목숨이 걸린 결투입니다. 그래서 부디 청컨대 지금부터 저를 모리스로 부르지 말아주십시오. 굳이 저를 호명하고 싶으시다면 저를 해머스미스로 부르십시오. 그리고 아울러 말씀드리거니와, 두 분을 위해서라도 저의 본명뿐 아니라 제가 한참 전부터 두 분께 소개해드리고 싶었던 다른 사람의 이름을 묻지도 마시고 또

월리엄 존 헤네시가 그린 삽화.

알려고 애쓰지도 말아주신다면 저는 기쁘겠습니다. 제가 말하는 그 사람은 사흘 전에 갑자기 집에서 사라졌습니다. 그리고 오늘 아침까지도 저는 그 사람의 종적을 알 수 있는 어떤 실마리도 얻지 못했습니다. 그 사람이 민간사법관노릇을 하느라 바쁘다는 사실을 여러분께서 아신다면 저의 두려움이 얼마나 심대할지 이해되실 겁니다. 너무나 경솔하게 해버린 불길한 선서에 얽매인 그 사람은 법률의 도움을 못 받더라도 세상에서 음흉하고 잔인한 악당을 반드시 없애야 한다고 생각합니다. 저의 친형제 한 명을 포함한 저의 친구 두 명도 그런 악당을 없애려다가 이미 불귀의 객들이 되고 말았습니다. 그 사람도, 혹은 저를 잘도 속여먹은 사람도, 똑같은 치명적인 함정에 빠졌습니다. 하지만 그는 적어도 아직 살아있고 희망을 버리지 않았다는 사실은 바로 이 쪽지가 충분히 증명합니다."

이렇게 말한 해머스미스는 바로 제럴딘 대령이었다. 그는 품에 간직했던 쪽지를 꺼내 두 퇴역장교에게 건넸다.

"해머스미스 소령, — 화요일 새벽 3시, 리젠트 파크 (Regent's Park)에 있는 로체스터 저택(Rochester House) 정원의 작은 출입문 앞으로 가면 나의 지시를 따르는 남자 한 명이 자네를 맞이할 것이네. 늦지도 빠르지도 않게 시간을 정확히 엄수하여 그곳으로 와주기 바라네. 올 때는 나의 도검상자(刀劍箱子)도 챙겨오고, 또 가능하다면 행동력과 판단력을

겸비하되 나의 정체를 모르는 신사 한두 명을 데려와주면 좋
겠네. 그리고 나의 이름을 절대 발설하지 말게나.

티. 고달(T. GODALL)"

오루크 소령과 브래컨베리 대위가 쪽지를 다 읽자 제럴딘 대령
이 다시 말하기 시작했다. "저의 친구는 다른 직함을 갖진 않았지만
그분의 슬기로움만 감안해도 절대적으로 믿고 따를 만한 지도력을
겸비하신 분입니다. 그래서 제가 로체스터 저택을 방문할 이웃도 모
를 뿐더러 나의 친구를 엄습한 곤경의 성격도 모르듯 두 분의 성격
도 전혀 모른다고 두 분께 굳이 설명할 필요는 없겠지요. 저는 이 쪽
지를 받자마자 설비업자를 고용하여 몇 시간 동안 우리가 지금 있
는 집을 여태껏 두 분께서 겪으신 연회분위기를 자아내도록 꾸미
는 데 진력했습니다. 저의 계획은 하여간 기발했지요. 그런 만큼 저
는 오루크 소령님과 브래컨베리 대위님을 이번 일에 끌어들인 저의
연극을 결코 후회하지 않습니다. 하지만 길거리로 나간 하인들에게
는 색다른 체험으로 기억될 겁니다. 오늘 저녁 이 집에 가득했던 조
명들과 손님들은 내일 아침에는 흔적도 없이 사라지고 집도 매물로
내놓일 테니까요. 그렇듯 아무리 심각한 일들에도 흥겨운 구석은
있기 마련이지요."

"그러면 흥겨운 결말을 추가하면 되겠군요." 브래컨베리가 말했다.

"어느덧 새벽 2시가 가까워졌군요." 제럴딘 대령이 자신의 손목

시계를 보더니 말했다. "우리에게 남은 시간은 1시간입니다. 대문 앞에는 재빠른 승합마차 한 대가 준비되어있습니다. 이제 두 분께서 저를 도와주실 수 있으신지 말씀해주시면 고맙겠습니다."

그러자 오루크 소령이 말했다. "이 나이까지 살아오면서 나는 어떤 경우에도 뒤로 물러서지 않았고 위험을 피하지도 않았소이다."

브래컨베리 대위는 그런 상황에 가장 어울리는 말로 기꺼이 돕겠다는 의지를 표명했다. 소령과 대위는 마지막으로 포도주 한두 잔을 마셨고, 대령은 두 사람에게 실탄이 장전된 연발권총 한 정씩을 건넸다. 그리고 세 남자는 승합마차를 몰고 문제의 저택으로 달려갔다.

장대한 위용을 자랑하는 로체스터 저택은 운하(運河)가 거느린 언덕에 우뚝 서있었다. 저택의 본체는 이웃들의 시시콜콜한 간섭을 불허하듯이 유별나게 드넓은 정원에 둘러싸여 고립되어있었다. 그 정원은 마치 고관대작들이나 갑부들의 저택들에 흔히 조성된 사슴 농장처럼 보였다. 멀리 떨어진 도로에서도 보이는 그 저택의 수많은 창문들에서는 한 줄기 불빛도 새어나오지 않았다. 그래서인지 그 저택은 주인이 오랫동안 비워두어 방치된 듯이 보였다.

승합마차에서 내린 세 남자는 정원의 작은 출입문을 금세 발견했는데, 그것은 정원을 가로질러 세워진 두 담벼락 사이의 좁다란 샛길과 연결된 뒷문의 일종이었다. 약속시간은 아직 10~15분가량 남아있었다. 그때 하늘에서 굵은 빗방울들이 쏟아지기 시작했고,

세 남자는 담벼락의 담쟁이덩굴 밑으로 들어가 비를 피하며 자신들에게 임박한 시련에 관해 나지막한 목소리로 의견을 나누었다.

그러다가 불현듯 제럴딘이 자신의 손가락을 입술에 갖다 대며 침묵하라고 신호했고, 세 남자는 일제히 청각을 곤두세웠다. 끊이지 않는 빗소리를 뚫고 맞은편 담벼락 너머로부터 두 남자의 발걸음소리와 목소리가 들려왔다. 두 남자는 어느새 세 남자의 근처까지 걸어왔는데, 유달리 예민한 청각을 지닌 브래컨베리는 두 남자가 대화하며 내뱉는 몇몇 단어들마저 알아들 수 있었다.

"무덤은 파놓았지?" 두 남자 중 한 명이 물었다.

"월계수 울타리 뒤에 파놓았어." 다른 남자가 대답했다. "일을 마치면 무덤을 막대기들로 덮어버리면 될 거야."

먼저 말한 남자는 유쾌하게 웃었는데, 그 웃음소리는 담쟁이덩굴 밑에 숨죽이고 있던 세 남자를 오싹하게 만들었다.

"그럼 한 시간 후에 봐." 웃었던 남자가 말했다.

곧이어 들려오는 발걸음소리로 미루어 두 남자는 헤어져서 각자 반대방향으로 걸어가는 것이 확실했다.

그즈음 뒷문이 조심스럽게 열림과 거의 동시에 창백한 얼굴의 소유자가 샛길에 불쑥 나타나더니 뒷문 쪽으로 오라는 수신호를 보내는 듯했다. 세 남자가 수신호를 따라 조용히 이동하여 뒷문으로 들어서자마자 뒷문이 닫히고 잠겼다. 그들은 창백한 얼굴의 소유자를 뒤따라 정원의 여러 샛길들을 지나서 저택의 주방입구로 걸어갔다. 고급석재로 마감된 주방에는 켜진 촛불 하나만 있을 뿐 주방가구는 하나도 없었다. 그들이 주방에 있는 나선형 계단을 밟고 오르기 시작하자 놀란 집쥐들이 내는 엄청난 소음은 그 저택이 오랫동안 비어있었다는 것을 더욱 여실히 증명했다.

창백한 얼굴의 소유자는 촛불을 손에 들고 세 남자를 안내했다. 그 안내자의 몸은 깡마르고 몹시 구부정했지만 행동은 의외로 민첩했다. 그는 때때로 세 남자를 뒤돌아보며 침묵하고 조심하라는 몸짓을 해보였다. 한 손으로는 도검상자를 들고 다른 손으로는 권총을 거머쥔 제럴딘 대령은 안내자의 뒤를 바짝 따라갔다. 브래컨베리의 심장이 거세게 뛰었다. 자신들에게는 아직 시간이 남았다고 생각하던 그도 늙은 안내자의 민첩한 행동을 보자 결전의 시간이 임박했다고 판단했다. 이 모험을 둘러싼 상황들은 아주 모호하고 위험할 뿐더러 장소도 가장 비밀스러운 활동에 적합하도록 선택된 듯해서 브래컨베리는 자신보다 나이를 더 먹은 사람은 나선형 계단을 오를수록 팽팽해지는 긴장감을 견디기 힘들 겠다고 생각했다.

드디어 계단 꼭대기에 다다른 안내자는 어떤 문을 열더니 세 남자를 작은 방으로 인도했다. 그 방에는 가녀린 빛을 내는 석유등 한 개가 켜져 있었다. 그 방의 벽난로 앞에는 갓 장년기에 접어든 듯이 보이는 남자 한 명이 앉아있었는데, 그는 당당한 체격에 격조와 품위를 겸비한 인물로 보였다. 그의 태도와 표정은 확고하고 냉정하게 보였다. 잎담배를 아주 맛있게 음미하듯이 피우며 탁자에 팔꿈치를

권 그의 손에는 거품이 약간 나는 음료수가 담긴 기다란 유리잔이 들려있었고, 방안에는 그 음료수가 발산하는 기분 좋은 향기가 감돌았다.

"어서 오게나." 그가 제럴딘 대령에게 손을 내밀며 말했다. "자네의 꼼꼼한 성격이 나의 기대를 저버리지 않을 줄로 알았네."

"제가 마땅히 해야 할 일을 했을 뿐입니다." 대령이 허리를 숙여 인사하며 대답했다.

"자네가 데려온 친구들을 내게 소개해주게." 대령의 인사를 받은 남자가 말했다. 대령이 일행을 모두 소개하자 그 남자는 가장 세련되고 친절한 태도로 말하기 시작했다. "신사님들, 저는 여러분께 더욱 유쾌한 작전계획을 말씀드리고 싶습니다. 물론 심각한 사건의 내막을 아시면 불쾌해질 수도 있겠습니다만, 이 사건의 매력은 믿음직한 친구들의 의리보다 더 강력합니다. 저는 여러분께서 이토록 불쾌한 저녁시간을 맞게 된 것에 대해 용서해주실 수 있으리라고 기대합니다. 지금 여러분께서 저에게 상당한 호의를 베푸신다는 것을 제가 안다는 사실만으로도 여러분처럼 사나이다운 분들께서는 충분히 만족하실 겁니다."

"전하, 부디 저의 무례를 용서해주시기 바랍니다." 오루크 소령이 말했다. "저는 제가 아는 사실을 도저히 숨길 수 없습니다. 저는 여기로 오는 동안 해머스미스 소령을 몇 번 의심하기도 했지만, 고달 씨는 의심할 여지없는 분이십니다. 보헤미아의 플로리즐 왕자를 모르는 사람을 런던에서 찾을 확률은 거의 없는 것이나 마찬가지입니다."

"플로리즐 왕자!" 깜짝 놀란 브래컨베리가 외쳤다.

그리고 그는 자신 앞에 서있는 고명한 인물의 면모를 살피느라 모든 신경을 집중했다.

"나의 암행이 들켰다고 내가 애석해할 필요는 없겠구료." 왕자가 말했다. "왜냐면 그런 덕분에 내가 여러분을 더 효과적으로 치하할 수 있어졌으니 말이오. 나는 여러분이 보헤미아 왕자를 돕듯이 고달 씨를 도우리라고 확신하오. 그래도 보헤미아 왕자가 여러분에게는 더 큰 도움이 될 수 있겠지만 말이외다." 이어서 왕자는 정중한 몸짓을 취하며 "결과는 이제 나의 몫이요"라고 덧붙였다.

그리고 왕자는 두 퇴역장교와 인디아의 브리튼 군대와 반란군들을 주제로 삼아 대화하기 시작했다. 왕자는 그런 주제를 포함한 다른 모든 주제에 관한 놀라우리만치 풍부한 지식들뿐 아니라 가장 건전하고 논리적인 견해들마저 겸비했다.

브래컨베리는 치명적인 위험을 앞둔 순간에도 의연한 태도를 잃지 않는 왕자에 대한 존경심에 휩싸였다. 그는 왕자가 구사하는 화술(話術)과 놀랍도록 예의바른 화법(話法)의 매력들을 여실히 느낄 수 있었다. 왕자의 모든 몸짓과 모든 억양은 그것들 자체로 이미 고상했을 뿐 아니라 그것들을 바라보는 운 좋은 상대방마저 고상하게 만들어주는 듯했다. 그리하여 열광적 존경심에 흠뻑 젖어버린 브래컨베리는 내심 '이런 분이야말로 용감한 사나이가 충심으로 목숨을 맡길 수 있는 주군이다'고 자인해버렸다.

그렇게 시간이 꽤 흘렀다. 세 남자를 그 방으로 인도해놓고 그때까지 방의 한 쪽 구석에 조용히 앉아있던 안내자가 손목시계를 들여다보더니 일어서서 왕자에게 무언가 귓속말을 건넸다.

"그리합시다, 노엘 박사." 플로리즐 왕자가 큰소리로 말했다. 곧이어 그는 세 남자에게 말했다. "여러분, 미안하게도 이 어두운 방에 여러분만 남겨두고 나는 나가봐야겠소. 결전의 순간이 다가왔기 때문이오."

노엘 박사가 석유등을 껐다. 창문을 통해 새벽의 어스름하고 희미한 빛이 스며들었지만 방은 여전히 어두웠으며, 그런 상황에서는 걸음을 옮기기 시작한 왕자의 모습도 분간될 수 없었고, 석유등이 꺼지기 전에 왕자가 말하며 확연히 드러내던 감정의 본성도 짐작될 수 없었다. 출입문으로 걸어간 왕자는 그 문의 한쪽으로 비켜서더니 가장 신중한 자세를 취했다.

그리고 왕자가 말했다. "여러분은 이제부터 최대한 침묵하고 가장 어두운 곳에 몸을 숨기는 친절을 베풀어주시오."

세 장교와 박사는 왕자의 지시대로 신속히 몸을 숨겼고, 그때부터 약 10분간 로체스터 저택에서는 쥐들이 목조마감재의 뒷면을 뛰어다니는 소리만 간간이 났을 뿐 적막하기만 했다. 그렇게 10분이 흘렀을 즈음 아래층 주방의 출입문이 열리며 놀랍도록 날카롭게 삐

걱대는 소리가 적막을 깨뜨렸다. 잠시 후 위층 방에서 청각을 곤두세운 파수꾼들은 주방의 나선형 계단을 천천히 조심스럽게 밟고 오르는 침입자의 발걸음소리를 선명히 들을 수 있었다. 침입자는 한 계단씩 오를 때마다 걸음을 잠시 멈추고 주위에서 나는 소리를 들으려고 귀를 기울이는 듯했는데, 그런 순간들을 헤아릴 수 없이 기나긴 순간들로 느끼는 파수꾼들의 정신은 극심한 불안에 휩싸여갔다. 더구나 그런 위기감에 익숙해졌을 성싶은 노엘 박사도 처량해 보이리만치 육체적으로 힘겨워했다. 그가 거친 숨을 몰아쉬며 이를 뿌득뿌득 갈기도 하다가 불편한 몸자세를 신경질적으로 바꿀 때면 그의 관절 마디마디에서는 뿌드득거리는 소리가 났다.

마침내 계단 꼭대기에 도달한 침입자는 한 손으로 방의 출입문을 밀듯이 떠받치고 다른 손으로 빗장을 잡고 흔들어 소리 나게 뽑아냈다. 그리고 잠시 침묵이 흘렀다. 그 순간 브래컨베리는 왕자가 무언가 비상행동을 취하려는 듯 조용히 온몸을 움츠리며 준비태세를 갖추는 장면을 목격할 수 있었다. 그때 출입문이 조금 열렸고 그 틈새로 해 뜨기 직전의 엷은 빛이 방 안으로 비쳐들었다. 문지방을 밟고 들어오려던 침입자가 그대로 멈춰 섰다. 그의 키는 컸고 한 손에는 단도가 쥐어져있었다. 어스름한 박명(薄明) 속에서도 방 안의 남자들은 침입자가 드러낸 반짝이는 윗니를 볼 수 있었다. 왜냐면 침입자의 입은 이제 막 사냥감을 덮치려는 사냥개의 아가리처럼 벌어져있었기 때문이다. 그는 불과 1~2분 전까지도 그의 키보다 깊은 물속에 몸을 담그고 있었던 것이 분명해보였다. 그가 문지방에 서 있는 순간에도 그의 젖은 옷에서 흘러내리는 물방울들이 바닥으로 뚝뚝 떨어졌기 때문이다.

이윽고 침입자가 문지방을 넘어섰다. 그 순간 왕자가 튀어 오르며 내지른 주먹에 일격을 당한 침입자는 비명을 지르며 바닥에 나가 떨어졌다. 그러자마자 왕자가 침입자를 덮치면서 격투가 벌어졌다. 마침내 침입자를 제압하여 단도를 빼앗은 왕자가 양팔로 침입자의 양어깨를 감고 깍지 낀 양손으로 목덜미를 압박하여 꼼짝 못하게 하자 비로소 제럴딘은 왕자를 도우러 뛰어갈 수 있었다.

"노엘 박사." 왕자가 말했다. "이제 석유등을 다시 켜면 좋겠소이다."

그리고 제압해둔 범인을 제럴딘과 브래컨베리에게 인계한 왕자는 방을 가로질러 가서 벽난로 앞에 놓인 의자에 앉았다. 석유등이 밝혀지자 제럴딘 일행의 눈에 들어온 왕자의 표정과 태도는 이례적으로 엄숙하고 준엄해보였다. 그런 왕자의 모습에서 천연덕스러운 신사 플로리즐의 모습은 이제 사라졌다. 그는 몹시 격앙되고 살의를 가득 품은 보헤미아 왕자였다. 잠시 머리를 숙였다가 꼿꼿이 세운 왕자는 자신이 생포한 자살클럽회장을 쏘아보며 말하기 시작했다.

"회장, 그대는 최근에 덫을 쳤지만 도리어 그대가 그 덫에 걸려들고 말았어. 이제 날이 밝아오기 시작했네. 지금 그대는 마지막 아침을 맞이하는 셈이야. 그대는 조금 전에 리즌트 운하를 헤엄쳐 건넜지. 그건 그대가 이 세상에서 했던 마지막 목욕이야. 그대의 옛 동료였으되 나를 결코 배신하지 않은 노엘 박사는 그대를 나의 판결에 맡겼어. 그리고 그대가 오늘 오후에 나를 묻으려고 파놓은 무덤은, 하나님의 전능한 섭리대로, 인간의 호기심을 참지 못한 그대에게 곧 내려질 천벌을 파묻는 데 사용될 거야. 기도할 게 있으면 지금 무릎 꿇고 기도해. 그대에게는 시간이 얼마 남지 않았고, 하나님께서는 당신의 죄악들에 질려버렸기 때문이야."

회장은 묵묵부답했다. 하지만 그는 왕자의 확고하고 엄중한 시선을 의식했는지 고개를 푹 숙인 채 방바닥만 음울하게 응시했다.

"여러분." 두 퇴역장교와 대화할 때처럼 평소의 음조를 회복한 플로리즐 왕자가 말했다. "이 작자는 오랫동안 나를 교묘히 잘도 피해 다녔지만, 노엘 박사 덕분에 내가 드디어 이 작자를 붙잡았소. 지금은 이 작자가 저지른 악행들을 일일이 설명해줄 시간이 없소. 그러나 만약 저 운하에 흐르는 물이 모두 이 작자가 희생시킨 사람들이 흘린 피였다면, 여러분이 지금 보는 바대로 이 작자의 옷을 적신 핏물은 아직 마르지 않았다고 나는 믿소. 나는 이 따위 일마저 명예로운 절차들을 밟아 처리하기를 바라오. 하지만 여러분, 내가 여러분을 재판관들로 생각하는 만큼…… 이 일은 결투라기보다는 오히려 사형집행에 더 가깝소. 그래서 악당에게 무기를 선택할 권리를 부여한다면 예의범절을 너무나 무시하는 처사일 것이오. 나는 그런 무례한 짓을 하느라 내 목숨을 헛되이 버릴 수는 없소." 플로리즐 왕자는 도검상자의 뚜껑을 열면서 계속 말했다. "더구나 총알은 오발되거나 불발되기 일쑤이고 또 아무리 겁 많은 사수(射手)도 사격 솜씨와 용기를 타고날 수 있다고 나는 판단했으므로, 이 문제를 검투(劍鬪)로 해결하려는 나의 결정을 여러분도 찬성하리라고 나는 확신하외다."

브래컨베리 대위와 오루크 소령은 왕자의 결정을 찬성한다는 의향을 암묵적으로 표시했다. 그러자 플로리즐 왕자는 자살클럽회장에게 말했다. "자, 빨리 검을 선택해. 나를 기다리게 하지 말게. 나는 그대를 더는 두고 볼 수 없으니까 말이야."

회장은 붙잡혀 단도를 빼앗긴 이후 처음으로 고개를 들었고, 그 순간부터 용기를 내기 시작한 기색을 역력히 드러내보였다.

"검투가 성립될 수 있겠습니까?" 회장이 간절하게 물었다. "귀하와 나 사이에?"

"나는 지금 그대에게 명예를 지킬 기회를 주려는 거야." 왕자가 대답했다.

"오, 그렇군요!" 회장이 외쳤다. "공정한 결투장에서 벌어질 사태를 누가 알겠습니까? 저로서는 전하께서 검투를 훌륭한 행동으로 생각하신다는 말씀밖에 드리지 못하겠습니다. 게다가 혹시라도 최악의 사태가 벌어진다면 저는 유럽에서 상대를 찾기 힘들만큼 용맹하신 분의 검을 맞고 죽을 수밖에 없을 겁니다."

이윽고 자신을 꼼짝 못하게 붙잡고 있던 남자들로부터 풀려난 회장은 탁자로 걸어가서 도검상자에 담긴 도검들을 잠시 동안 주의

깊게 살펴보더니 선택할 검을 고르기 시작했다. 그는 무척이나 의기양양해져서 자신이 결투에서 승리하리라고 확신하는 듯이 보였다. 그토록 완전한 확신을 품은 그의 표정을 보고 불안해진 참관인들은 플로리즐 왕자에게 결정을 재고해보시라고 간청했다.

"이런 일은 시시한 장난에 불과하오." 왕자가 대답했다. "그리고 여러분, 이 장난은 금세 끝날 것이라고 내가 장담하겠소."

"전하, 부디 서두르지 마시고 신중하시기 바랍니다." 제럴딘 대령이 말했다.

"제럴딘." 왕자가 말했다. "자네는 여태껏 내가 명예를 빚지고 갚지 못한 경우를 봤는가? 나는 자네에게 이 작자를 죽여야 할 빚을 졌으니, 자네는 빚을 돌려받아야 할 것이네."

마침내 자신의 마음에 드는 검 한 자루를 골라잡은 회장은 일종의 조잡한 기품 같은 것을 자아내는 몸짓을 취하며 결투태세를 갖추었다. 임박한 위험과 용감한 투지는 이토록 음흉한 악당에게도 사나이다운 기백과 일정한 품격을 부여해주는 듯이 보였다.

도검상자에서 마음에 드는 검 한 자루를 집어든 왕자가 말했다.

"제럴딘 대령과 노엘 박사는 부디 이 방에서 나를 기다려주시오. 나는 나의 개인적인 친구들 중 누구도 이번 검투에 연루되지 않기를 바라오. 오루크 소령, 당신은 노련할 뿐더러 착실한 신망도 겸비한 분이니…… 나는 회장을 호송하는 임무를 당신의 훌륭한 예의와 솜씨에 맡기고 싶소. 리치 대위는 소령을 정성껏 보좌해주면 고맙겠네. 젊은이는 아직 그런 임무를 충분히 경험하지 못했을터니 말일세."

"전하." 브래컨베리가 말했다. "그것은 제가 지극히 고귀하게 여기는 명예로운 임무입니다."

"다행이로군." 플로리즐 왕자가 말했다. "앞으로 더욱 엄중한 사태들을 직면해도 나는 자네와 변함없는 친구로 지낼 수 있기를 바라마지 않는다네."

왕자는 이렇게 말하며 방을 나가서 주방계단을 걸어 내려갔다.

방에 남겨진 대령과 박사는 창문을 열어 상체를 잔뜩 내밀고 이제 막 벌어질 비극적 사태의 실마리라도 포착하기 위해 모든 촉각을 곤두세웠다. 비는 계속 내렸다. 날은 거의 다 밝았다. 저택의 정원에 조성된 화단과 숲에서는 새들이 지저귀었다. 꽃나무 숲 두 군데 사이로 난 샛길을 따라 걸어가는 왕자와 일행의 모습이 대령과 박사의 시야에 잠시 들어왔다. 하지만 왕자 일행이 샛길의 첫 번째 모퉁이를 지나 무성하게 자란 수풀로 접어들자 그 일행의 모습은 대령과 박사의 시야에서 사라져버렸다. 그때부터 대령과 박사는 대위와 소령을 다시는 보지 못했다. 정원은 너무나 넓고 검투장소도 저택에서 너무 먼 곳에 있었으므로 대령과 박사의 귀에는 검들이 부딪히는 소리조차 들리지 않았다.

"그 작자는 그분을 무덤가로 데려갔소." 노엘 박사가 부들부들 떨면서 말했다.

"하나님께서는," 대령이 외쳤다. "하나님께서는 정의를 수호하십니다!"

그리고 침묵하며 결과를 기다리는 박사는 두려워 몸을 떨었고 대령은 초조해하며 손에 땀을 쥐었다. 그렇게 십여 분이 경과하면서 시야는 더욱 넓어지고 정원의 새들은 더욱 활기차게 지저귀었다. 그즈음 자신들을 향해 돌아오는 발걸음소리를 들은 대령과 박사의 시선이 정원의 출입문 쪽으로 돌려졌다. 왕자와 그를 뒤따르는 두 퇴역 장교가 출입문을 열고 정원으로 걸어 들어왔다. 하나님이 정의를 수호했던 것이다.

"나는 지금 부끄럽소." 플로리즐 왕자가 말했다. "나는 그 작자를 내가 상대할 가치조차 없는 악골로 생각했지만, 그런 지옥의 개 같은 인간이 여태껏 생존했다는 사실이 질병처럼 나를 괴롭혀왔으니만치 그의 죽음은 편안히 숙면을 취한 밤보다 나를 훨씬 더 개운하게 해주었소. 이것 보게, 제럴딘." 왕자가 들고 있던 검을 땅바닥에 던지며 말했다. "자네의 동생을 살해한 자의 피가 거기 묻어있어. 그것은 반가운 혈흔일 게야. 그렇더라도 우리 인간들이란 얼마나 희한한 족속들인지를 알아야 해! 내가 응징을 끝낸 지 아직 5분도 지나지 않았는데 나는 벌써부터 이토록 불확실한 삶의 무대에서는 응징조차 과연 완결될 수 있을지 의구심을 품기 시작했으니 말일세. 그 작자가 저지른 악행을 과연 누가 속죄할 수 있겠나? 그 작자가 막대한 재산을 긁어모으느라 저지른 악행들…… 지금 우리가 서있는 이 저택도 그 작자가 소유했던 것이네…… 그런 악행들은 지금도 인류의 영원한 숙명에 속하는 것들이지. 그래서 내가 그 작자의 숨통을 완전히 끊어놓을 때까지 검을 찔러댔다면 지쳐버렸을 테고, 또 내가 그리했던들 제럴딘의 동생은 이미 죽었고 다른 수많은 죄 없는 사람들도 결국 치욕을 당하고 타락했을 거야! 무릇 한 인간의 생명이란 보관하려면 너무나 하찮게 보이고 써버리려면 너무나 귀중하게 보이는 것이라네! 아, 슬프다!" 왕자가 탄식했다. "인생에서 학식만큼 유력한 각성제는 없다는 말인가?"

"하나님의 정의는 실현되었습니다." 박사가 말했다. "저의 눈으로 똑똑히 보았습니다. 전하께서 저에게 내리신 교훈은 실로 혹독한 것이었습니다. 그래서 저는 죽음마저 달게 받아들이기로 각오했습니다."

"내가 지금 무슨 말을 하는지 모르겠소?" 왕자가 소리쳤다. "나는 형벌을 집행했고, 지금 여기 우리 곁에 있는 사람이 바로 나의 원상복귀를 도울 수 있는 사람이외다. 아, 노엘 박사! 당신과 나는 앞으로 많은 날들을 함께 시련을 견디고 명예로운 고역을 감내해야 한다는 말이외다. 그리고 어쩌면 우리의 시련과 고역이 끝나기 전에 당신은 당신의 옛 과오를 속죄하고도 남을 만한 보상을 받을지도 모르겠소."

"그러면 저는 이제 저의 가장 오랜 친구를 묻으러 가야겠습니다." 박사가 말했다.

　　나에게 이 이야기를 들려준 박식한 아라비아인의 후일담은 다음과 같다. "그리고 이것이 이 이야기의 운명적인 결말입니다. 여담으로 말하자면, 왕자는 이런 자신의 위업을 도운 조력자들을 결코 망각하지 않았습니다. 그래서 지금도 왕자의 권위와 영향력은 조력자들의 사회생활을 뒷받침해 줄 뿐더러 왕자의 겸손한 우정도 조력자들의 개인생활에 매력을 더해줍니다." 그리고 아라비아인은 다음과 같이 덧붙였다. "이 왕자가 하나님의 섭리를 봉행하느라 겪은 모든 기묘한 사건들을 기록하려면 지구상의 모든 주거지를 가득 채울 정도로 많은 책이 필요할 것입니다. 그래도 『라자의 다이아몬드(Rajah's Diamond)』에서 전개되는 운명들의 이야기들은 대단히 흥미로워서 놓치면 아쉬울 것들입니다. 4편으로 구성된 그 이야기들의 첫 편은 「판지상자 이야기(Story of the Bandbox)」입니다.[23]"

---

[23] 『자살 클럽』은 여기서 끝난다. 이 후일담에서 언급된 『라자의 다이아몬드』는 스티븐슨이 1882년 발표한 소설집 『새로운 아라비안 나이츠(The New Arabian Nights)』에 『자살 클럽』과 함께 수록된 중편소설이다.

로버트 루이스 스티븐슨 연보

로버트 루이스 스티븐슨 연보

1850년   11월 13일 스코틀랜드의 에든버러(Edinburgh)에서 유
능한 등대건축기사이자 독실한 기독교 장로파 신도이던
로버트 스티븐슨(Robert Stevenson, 1772~1850)과 역
시 독실한 기독교 장로파 신도이던 마거릿 이저벨러 발퍼
(Margaret Isabella Balfour, 1829~1897)의 외아들로 태
어남. 로버트 루이스 스티븐슨(이하 "스티븐슨"으로 약칭)
의 아명(兒名)인 '로버트 루이스 발퍼 스티븐슨(Robert
Lewis Balfour Stevenson)'은 부친처럼 유능한 등대건축
기사이던 친조부 토머스 스티븐슨(Thomas Stevenson,
1818~1887)과 스코틀랜드의 교회성직자 겸 대학의 도
덕철학교수이던 외조부 루이스 발퍼(Lewis Balfour,
1777~1860)의 이름에서 유래함. 스티븐슨은 매우 허약
한 심폐기능을 타고나서 가족 모두에게 커다란 근심을
안겼지만, 그토록 허약해서인지 아니면 부계혈통의 활
동적인 기질을 물려받아서인지, 하여간, 어릴 때부터 오
히려 외향적이고 활동적인 삶을 동경함. 그를 돌보던 유
모(또는 보모)는 그가 침대에 누워있을 때면 존 버니언
(John Bunyan, 1628~1688: 잉글랜드의 기독교 작가)의

스티븐슨(1856년)

저서들과 바이블[1]을 읽어주거나 스코틀랜드 서약파[2] 기독

교도들의 이야기를 들려줌.

1857년   9월 에든버러의 미스터 헨더슨 학교(Mr. Henderson's school)에 입학한 스티븐슨은 허약한 건강 때문에 2주 일밖에 등교하지 못했고 1859년 10월까지 가정교사들과 함께 집에서 공부함.

1861년   10월 소년들만 다니는 사립중등기숙학교인 에든버러 아카데미(Edinburgh Academy)에 입학하여 15개월간 재학함.

1863년   가을에 런던 서부구역의 기숙학교로 유학하여 한 학기 동안 공부함.

1864년   10월 건강이 호전되어 에든버러의 사립고등학교에 진학

---

1   Bible: "Bible"은 지금까지 한국에서 대개 "성경(聖經)" 또는 "성서(聖書)"로 번역되어왔다. 그런데 이 번역
    어들에는 특히 '가톨릭교와 프로테스탄트교를 포함하는 기독교(그리스도교/크리스트교)의 관점만 반영
    되었다'는 사실은 한국에서 너무나 오랫동안, 너무나 쉽게, 너무나 무비판적으로 간과되거나 아예 무지(無
    知)되어왔다. "바이블"의 본뜻은 "책"이고 이것의 이음동의어(異音同義語)들인 "홀리북(Holy Book)"과 "스
    크립처(Scripture)"의 본뜻들도 각각 "거룩한 책"과 "경전"이다. 물론 "거룩한 책"을 한자로 표기하면 "성경"
    또는 "성서"이기는 하다. 하지만 "홀리북"은 특히 영어를 사용하는 기독교 세력권에서 "바이블"을 가리키는
    데 사용된 일종의 '존칭'에 불과하다. 더구나 비(非)기독교인들에게 "바이블"은 '거룩'하거나 '성(聖)'스러운
    책이라기보다는 다종다양한 종교 중 유일신교(唯一神敎)에 속하는 유대교나 기독교에서 신성시되는 종
    교용 "경전"에 불과하다. 그래서 "바이블"을 한국어로 면밀히 번역하자면 "유대교-기독교경전" 또는 "기독
    교경전" 혹은 "기독교경전"이라는 단어가 여러 글자로 이루어져 있어 "발음"이 성가시게 여겨질 경우를 감
    안하더라도, 예컨대, 붓다교의 "불경(佛經)"처럼 줄임말로 하여, "기독경"으로 번역되어야 타당할 것이다.
    그런데 이런 번역어가 너무 낯설게 들리거나, 혹여, 그리고 심지어, 거부감마저 유발할 수 있고, 또 유발한
    다면, 번역자로서는 "바이블"을 번역하지 않고 그대로 사용하는 편이 그나마 차선책이라고 '감히!' 생각했
    을 뿐 아니라, 특히 '스티븐슨이 1871년 스스로를 "무신론자"로 선언했다'(아래 "1871년"의 내용 참조)는 사
    실도 감안했다. 여기서 번역자가, 비록 사족(蛇足)일망정, 굳이, 감히, 한마디 덧붙이자면, "특정한 하나의
    종교에서 신성시되고 거룩하게 여겨지는 경전이 그 종교의 신도들이 아닌 '다른 모든 사람'에게까지 '신성
    시되고 거룩하게 성스럽게 여겨질 필요는 없을 것이다."

2   誓約派(Covenanter): 17세기 유럽의 종교적 갈등이 유발한 여러 차례의 위기상황들에서 장로교회를 수호
    하기 위한 서약서에 서명한 스코틀랜드 장로파의 총칭.

하여 1867년까지 재학함. 그동안 엄청나게 많은 책을 읽었는데, 그런 독서는 허약한 건강 탓에 실행하지 못하던 그의 소망들을 대신했을 것으로 추정됨.

1866년   기독교의 서약파를 한때 열렬히 추종한 스티븐슨은 이른바 "서약파들의 봉기"(1666) 200주년을 기념하는 취지로 『펜틀랜드의 봉기The Pentland Rising: A Page of History, 1666』라는 소책자를 집필하여 출간함.

1867년   11월 에든버러 대학교(University of Edinburgh)에 입학하여 부친의 바람대로 등대건축기사가 되기 위해 건축공학을 전공했지만 전혀 흥미를 느끼지 못한 스티븐슨은 강의에도 거의 출석하지 않고 사색회(思索會, Speculative Society)라는 토론 동아리의 회원들과 어울리기를 즐김. 그 무렵 사촌형 로버트 앨런 모브리 스티븐슨(Robert Alan Mowbray Stevenson, 1847~1900)과 절친해짐. "밥(Bob)"이라는 애칭으로 불리던 사촌형은 가업을 계승하지 않고 예술을 공부했는데, 스티븐슨은 그런 사촌형의 과감한 진로선택을 부러워하고 공감함. 1870년까지 스티븐슨은 방학 때면 아들에게 등대건축현장을 견학시키려는 부친을 따라 스코틀랜드 해안지역의 여러 곳을 여행함. 스티븐슨이 등대견학여행을 즐긴 까닭은 건축공학지식을 쌓기보다는 문학창작용 소재를 풍부하게 얻을 수 있기 때문이었음. 그는 특히 부친과 함께 등대섬으로 가는 항해를 좋아했는데, 바다를 항해하는 동안 월터 스콧(Walter Scott, 1771~1832: 스코틀랜드의 소설가 겸 극작가 겸 시인)의 소설 『해적The Pirate』(1822)을 읽으며 느낀 것과 비슷한 감동을 느낄 수 있었기 때문이었음.

1871년   4월 문학인이 되기로 결심한 스티븐슨은 자신의 결심을 부친에게 알림. 당연히 실망했으되 크게 놀라지는 않은 부친은 스티븐슨이 법학을 공부하여 변호사자격증을 취득하면 스티븐슨의 문학생활에 더는 왈가왈부하지 않겠다고 밝힘. 스티븐슨은 에든버러 대학교의 법학과로 전과하여 법학을 공부하기 시작했지만, 공학과 마찬가지로 법학 역시 그에게 따분하고 지겨운 싫증만 안겨주었음. 억지공부를 계속할수록 자유로운 문학인이 되고 싶은 스티븐슨의 꿈은 더욱 강렬해짐. 그 시절 스티븐슨은 체면을 중시하는 중산계급의 잔인하고 위선적인 인습을 혐오하는 자유로운 보헤미안을 자처했고, 이따금 뒷골목의 선술집과 유곽에도 출입했으며, 부모의 종교이던 기독교를 거부하고 스스로를 "무신론자"로 선언했고, 사촌형제 밥과 함께 "우리의 부모들이 우리에게 가르친 모든 것을 무시하자"는 취지로 결성된 동아리 LJR클럽(Liberty,

Justice, Reverence Club: 이것은 "자유, 정의, 존중 동아 리" 정도로 직역될 수 있다)에 가입하여 활동함.

1873년   1월 스티븐슨이 LJR클럽의 회원이라는 사실을 우연히 알게 된 부모는 이후 오랫동안 스티븐슨의 처신에 불만 을 표시함. 늦여름 스티븐슨은 런던의 첼시(Chelsea)에 서 결혼생활을 하던 사촌형제 밥의 집을 방문했고, 그 곳에서 시드니 컬빈(Sidney Colvin, 1845~1927)과 34살 의 이혼녀 패니 시트웰(Fanny Sitwell)을 만나 교분을 쌓 기 시작함. 컬빈은 스티븐슨의 문학적 조언자가 되어 평 생 우정을 나누었고, 매력과 재능을 겸비한 시트웰은 스 티븐슨이 청혼할 정도로 사랑하여 여러 해 동안 서로 내 밀한 편지를 주고받음. 시트웰에게 보낸 편지에서 스티븐 슨은 그녀를 몇 가지 애칭들로 불렀는데, 그것들 중 하 나가 "클레어(Clair)"였음(그래서인지 스티븐슨이 죽은 지 몇 년 후 그가 에든버러의 "클레어"라는 하층민 소녀 와 연애했다는 헛소문이 나돌기도 함). 스티븐슨은 비록 시트웰과 결혼하지 않았지만 변함없는 우정관계를 끝까 지 유지함(시트웰은 1901년 컬빈과 재혼함). 한편 런던에 서 스티븐슨은 앤드루 랭(Andrew Lang, 1844~1912: 스 코틀랜드 출신의 시인 겸 소설가 겸 문학평론가 겸 인류 학자), 에드먼드 고스(Edmund Gosse, 1849~1928: 잉글랜드의 시인 겸 작가 겸 평론가), 레슬리 스티븐[Leslie Stephen, 1832~1904: 잉글랜드의 유명한 작가 버지니아 울프(Virginia Woolf, 1882~1941)의 부친이자 작가 겸 평론가]을 위시한 여러 문학인을 만나 교분을 쌓음. 런던의 문학잡지《콘힐 매거진 Cornhill Magazine》의 편집인이던 레슬리 스티븐은 특히 스티븐슨의 작품들에 친절하고 애정 어린 관심을 보여준 든든한 응원자가 됨. 그런 과정에서 문학인이 되고 싶은 스티븐슨의 갈망은 더욱 강렬해짐. 가을에는 런던의 문학잡지《포트폴리오 Portfolio》에 「길들Roads」이라는 에세이를 발표하여 문학인으로서 첫발을 내디딤. 11월 만성폐질환이 악화되자 이탈리아와 접경한 프랑스 남해안의 어촌마을 망통 (Menton)으로 가서 요양함.

1874년   건강을 회복한 스티븐슨은 에든버러로 귀향하여 4월부터 다시 법학공부를 시작했지만, 폐질환이 도지거나 법학공부에 싫증을 느낄 때면 프랑스 남부지역을 포함하여 기후가 온화한 곳들을 찾아 유럽각지를 여행했고 파리의 화랑들과 극장들도 방문함. 그는 여행을 마치고 에든버러로 돌아올 때마다 스코틀랜드 특유의 음습하고 한랭한 기후가 자신의 체질에 맞지 않다는 것을 더욱 여실히 절감함. 여름에 「질서정연한 남쪽 Ordered South」

이라는 에세이를 런던의 《맥밀런스 매거진Macmillan's Magazine》에 발표. 11월 특유의 명랑한 낙관주의를 여실히 표현한 에세이 「불쾌한 장소들에서 즐기는 향락 The Enjoyment of Unpleasant Places」을 《포트폴리오》에 발표. 12월 중편소설 『악마가 행복했을 때When the Devil was Well』를 탈고했지만, 이 소설은 그의 생존기간 에는 발표되지 않았고 1921년에야 처음 출판됨.

1875년   2월 에든버러를 방문한 레슬리 스티븐은 스티븐슨을 데리고 에든버러 왕립병원에 입원해있던 윌리엄 어니스트 헨리(William Ernest Henley, 1849~1903: 잉글랜드의 시인, 평론가, 편집인)를 문병했고, 그때부터 스티븐슨과 헨리는 절친한 벗이 됨. 7월 스티븐슨은 마침내 우수한 성적으로 변호사 자격시험에 합격함. 법학공부는 비록 스티븐슨의 문학창작용 소재로 얼마간 활용되었을망정 실제로 그는 변호사로서 개업하지 않았고, 오히려 문학인이 되기를 원하는 그의 갈망을 거듭 확인시켜줌. 이후 스티븐슨은 본격적으로 문학작품을 집필하는 데 매진하면서 틈틈이 건강을 위한 여행을 겸함.

1876년   헨리크 입센(Henrik Ibsen, 1828~1906: 노르웨이의 극작가 겸 연극연출가 겸 시인)의 희곡 『페르 귄트Peer Gynt』 (1845)를 읽고 감동한 스티븐슨은 사색회에서 사귄 친구

ROBERT LOUIS STEVENSON AT THE AGE OF 26

스티븐슨(1876년)

패니 오스번(1876년)

월터 심슨(Walter Simpson)과 함께 카누를 타고 벨기에
(Belgium)의 항구도시 앤트워프[Antwerp: 안트베르펜
(Antwerpen)]를 출발하여 프랑스 북부지역으로 이른

바 "내륙항행(內陸航行)"을 시작함. 항행을 거의 마칠 무렵이던 9월 스티븐슨은 프랑스 파리(Paris) 남동부의 강변마을 그레쉬르루앙(Grez-sur-Loing)에서 패니 오스번(Fanny Van de Grift Osbourne, 1840~1914)을 처음 만남. 스티븐슨보다 열 살 연상이던 오스번은 남편과 헤어져 두 자녀와 함께 1875년 미국을 떠나 그레쉬르루앙으로 이주한 미국여성이었음. 스티븐슨은 그녀와 처음 만난 후 얼마 지나지 않아 스코틀랜드로 귀국했지만, 그녀를 잊지 못한 스티븐슨은《콘힐 매거진》에 투고한 「사랑에 빠진 심정On falling in love」이라는 에세이로써 그녀를 그리워하는 자신의 마음을 표현함.

1877년   초엽 오스번과 다시 만나 본격적으로 사귀기 시작한 스티븐슨은 이듬해까지 프랑스에서 그녀를 포함한 그녀의 두 자녀와 함께 많은 시간을 보냈지만, 스티븐슨의 부모는 아들과 오스번의 교제를 극심하게 반대함. 그동안 스티븐슨은 미발표 장편소설 『헤어트렁크[3] 혹은 이상국가(理想國家)The Hair Trunk or The Ideal Commonwealth』, 런던의 문학잡지《템플 바Temple Bar》에 처음 발표한 단편소설 「1박용 숙소A Lodging for the Night」와 「말레트루아 전하의 문The Sire De

---
3   털을 제거하지 않은 동물가죽으로 제작된 여행가방.

Malétroit's Door」을 포함한 단편소설 6편,《콘힐 매거진》
7월호에 발표한 에세이 「게으름뱅이들을 위한 변명An
Apology for Idlers」을 집필함.

1878년   3월 스티븐슨은 첫 저서 『내륙항행Inland Voyage』을 출
간했고,《컨힐 매거진》4월호에 "스티븐슨 특유의 명랑
한 낙관주의에 끊임없이 그림자를 드리우는 죽음에 관
한 기발한 상상들을 자유롭게 풀어낸 문예창작론의 걸
작"으로 평가되는 에세이 「삼중(三重)갑옷Æs Triplex」을
발표했으며, 6~10월에는 "현대의 아라비안 나이츠Later-
day Arabian Nights"라는 연재용 제목 아래 '단편소설 3
편으로 구성된 중편소설 『자살클럽』'과 '단편소설 4편
으로 구성된 중편소설 『라자의 다이아몬드The Rajah's
Diamond』'를 《런던 매거진 London Magazine》에 연재
했고, 단편소설 「섭리와 기타Providence and the Guitar」
를 집필했으며, 12월에는 6월부터 《포트폴리오》에 연재
한 에세이들을 수록한 『에든버러: 풍광에 관한 기록들
Edinburgh: Picturesque Notes』를 출간함. 8월 오스번
은 두 자녀와 함께 미국 캘리포니아의 샌프란시스코로
귀국했고, 유럽에 혼자 남은 스티븐슨은 프랑스 남중부
지역 중앙고지(Massif Central)의 남동부 산간지역 세벤
(Cévennes)에서 당나귀 한 마리와 함께 도보여행을 함.

1879년	초엽 겨울 단편소설 「거짓말쟁이 이야기The Story of a Lie」를 집필한 스티븐슨은 여행기 『당나귀 한 마리와 함께한 세벤 여행Travels with a Donkey in the in the Cévennes』을 집필하여 6월에 출간함. 8월 스티븐슨은 친구들의 만류를 무릅쓰고 부모도 모르게 오스번을 만나기 위해 미국행 증기여객선 데보니아 호(Devonia 號)의 2등급 객실에 탑승했는데, 그 까닭은 여행비용도 아낄 겸 다른 여행객들을 관찰하며 여행의 모험도 체험하고 싶었기 때문이었음. 뉴욕 시에 도착한 스티븐슨은 대륙횡단열차를 타고 캘리포니아 중부 해안도시 몬터레이(Monterey)까지 여행함. 스티븐슨은 그런 장거리 여행을 통해 비록 자신의 문학소재로 활용할 수 있는 귀중한 체험들을 얻기는 했을망정 건강을 심하게 해쳐서 거의 죽기 직전 상태에 내몰림. 몬터레이의 친절한 농장주 몇 명의 보살핌을 받은 덕분에 건강을 어느 정도 회복한 스티븐슨은 12월 샌프란시스코로 가서 마침내 오스번을 만남.
1880년	초엽 겨울이 끝날 무렵 스티븐슨은 다시 악화된 건강 때문에 사경을 헤맴. 그즈음 남편과 이혼한 오스번이 직접 스티븐슨을 간병하기 시작함. 아들 스티븐슨이 아프다는 소식을 들은 부친은 전신환을 보냈고 그 돈은 스티븐슨에게 많은 도움이 됨. 그동안 스티븐슨은 대서양과

미국을 여행한 경험들을 기록한 『아마추어 이민자The Amateur Emigrant from the Clyde to Sandy Hook』와 『대평원 횡단Across the Plains』이라는 여행기 2편을 집필함. 스티븐슨은 건강이 회복되자 5월 오스번과 결혼함. 7월 샌프란시스코 북쪽 산간지역의 버려진 은광에서 오스번과 그녀의 아들 로이드(Lloyd)와 함께 신혼여행을 겸한 휴양을 즐기며 『실버라도의 무단점유자들The Silverado Squatters』을 집필함. 8월 아내와 로이드와 함께 뉴욕 시를 출항하여 잉글랜드 리버풀(Liverpool) 항구에 도착한 스티븐슨은 부친과 시드니 컬빈의 환영을 받음.

1881년   4월 스티븐슨은 첫 에세이집 『소년소녀를 위하여 Virginibus Puerisque』를 출간함. 9~10월에는 《콘힐 매거진》에 단편소설 「해안 모래언덕의 외딴집The Pavilion on the Links」[4]을 연재함. 여름 스코틀랜드의 차갑고 습한 기후 때문에 가족과 함께 집안에서 주로 생활하던 스티븐슨은 열두 살짜리 로이드에게 모험이야기를 들려주었고, 그 이야기를 바탕으로 최대성공작 『보물섬 Treasure Island』을 집필하기 시작하여 10월부터 이듬해 1월까지 잉글랜드의 소년잡지 《영포크스Young Folks》에

---

4   1890년 스코틀랜드의 유명한 추리소설가 아서 코넌 도일(1859~1930)은 이 단편소설을 "[스티븐슨의] 천재성이 가장 잘 표현된 작품"이자 "세계에서도 최상급에 속하는 단편소설"로 평가했다.

연재함으로써 명성을 얻기 시작함.

1882년   3월까지 스위스 다보스(Davos)에서 아내와 로이드와 함
          께 지낼 동안 스티븐슨은 2월 에세이집 『인간들과 책들
          에 대한 친숙한 탐구들Familiar Studies of Men and
          Books』을 출간함. 4월 가족과 함께 스코틀랜드로 귀국
          한 이후 단편소설 「심술궂은 자넷Thrawn Janet」과 「명
          랑한 사람들The Merry Men」을 집필함. 7월 『자살클
          럽』, 『라자의 다이아몬드』, 「해안모래언덕의 외딴집」, 「1
          박용 숙소」, 「말레트루아 전하의 문」, 「섭리와 기타」를
          묶어 첫 소설집 『새로운 아라비안 나이츠New Arabian
          Nights』를 출간함. 9월 재발한 폐질환 때문에 프랑스 남
          부 이에르(Isère)에서 요양하며 창작활동을 병행함.

1883년   6~10월 소년용 역사모험소설 『검은 화살 The Black
          Arrow: A Tale of the Two Roses』을 《영포크스》에 연재
          함. 11월 『보물섬』을 단행본으로 출간함. 12월 신혼여행
          기 『실버라도의 무단점유자들』을 출간함. 장편소설 『오토
          왕자Prince Otto: A Romance』를 집필하기 시작함.

1884년   이에르에 전염병 콜레라가 나돌자 가족과 함께 9월부
          터 1887년 7월까지 잉글랜드 남부의 항구도시 본머스
          (Bournemouth)에서 거주함. 하지만 그곳 기후도 스티븐
          슨에게는 부적합해서 폐질환이 자주 심하게 재발함. 그

런 와중에도 스티븐슨은 본머스에서 헨리 제임스(Henry James, 1843~1916: 미국에서 태어나 브리튼에서 주로 활동한 작가)를 만나서 교유함. 런던의 석간신문 《팔몰거젯Pall Mall Gazette》12월 25일자에 단편소설 「시체도둑 The Body Snatcher」을 발표함.

1885년   3월 어린이들의 정서와 감각을 어른이 정확히 포착한 작품으로 평가된 동시집 『동시들의 정원A Child's Garden of Verses』(원래 제목은 『장난감피리들Penny Whistles』)을 단행본으로 출간함. 단편소설 「마크하임 Markheim」, 소년용 장편역사소설 『유괴된 소년Kidnapped』, 중편소설 『지킬 박사와 하이드 씨Dr. Jekyll and Mr. Hyde』를 집필함. 4월 아내 패니 오스번과 공동집필한 소설집 『더욱 새로운 아라비안 나이츠: 다이너마이트 같은 사람 More New Arabian Nights: The Dynamiter』을 출간함. 런던의 문학잡지 《롱맨스매거진Longman's Magazine》(4~10월호)에 연재한 장편소설 『오토 왕자』를 11월에 단행본으로 출간함.

1886년   1월 중편소설 『지킬 박사와 하이드 씨』를 출간함. 이 소설은 브리튼에서 출간 즉시 큰 인기를 누렸고 미국에서는 더 큰 인기를 누리면서 스티븐슨을 영어권 세계 전역에서 유명하게 만들어줌. 5~7월 《영포크스》에 연재한

스티븐슨(1885년)

『유괴된 소년』을 7월 단행본으로 출간함.

1887년   2월 「명랑한 사람들」과 「마크하임」을 포함한 단편소설 6편을 묶은 소설집 『명랑한 사람들The Merry Men and Other Tales and Fables』을 출간함. 부친 별세함. 7월 영어 및 스코틀랜드어로 쓴 시들을 모은 시집 『덤불숲 Underwoods』을 출간함. 8월 아내와 모친과 로이드와 함께 미국으로 건너감. 뉴욕에 도착하는 즉시 뉴욕의 편집자들과 출판업자들로부터 좋은 조건으로 출판계약제안을 받음. 이후 미국 뉴욕 주(New York 州) 북쪽의 호반마을 새러나크레이크(Saranac Lake)에서 1888년 봄까지 훗날 가장 절친한 벗이 되는 미국의 의사 이워드 리빙스턴 트루도(Edward Livingston Trudeau, 1848~1915)의 보살핌을 받으며 요양함. 그동안 단편소설 「존 니콜슨의 불운들: 크리스마스 이야기The Misadventures of John Nicholson: A Christmas Story」, 스코틀랜드의 유명한 유령이야기를 바탕으로 창작한 시들로 이루어진 시집 『티콘더로가: 서부고지의 전설Ticonderoga: A Legend of the West Highlands』, 도덕의 모호한 측면을 탐구한 걸작으로 평가되는 장편소설 『밸런트레이의 지배자The Master of Ballantrae』를 집필함. 11월 에세이집 『추억들과 초상들Memories and Portraits』을 출간함.

스티븐슨(1887년): 존 싱어 사전트(John Singer Sargent, 1856~1925)가 그린 초상화

1888년 초엽 패니 오스번을 정숙하지 못한 여성으로 비난하는 윌리엄의 어니스트 헨리의 편지를 받은 스티븐슨은 헨리와 결별함. 6월 역사모험소설 『검은 화살』을 단행본으로 출간한 스티븐슨은 가족과 함께 요양 겸 유람을 위해 전세로 빌린 요트 캐스코 호(Casco 號)를 타고 샌프란시스코를 출항하여 하와이 제도(Hawaiian Is.)로 가서 장기간 체류하며 원주민들과 교유함. 이후 남태평양의 마르케사스 제도(Marquesas Is.)와 투아모투 제도(Tuamotu Is.)를 여행하고 12월 하와이로 복귀하여 호놀룰루에서

약 6개월간 체류함.

1889년   6월부터 여러 달에 걸쳐 로이드와 함께 세로돛범선 에
           콰토르 호(Equator 號)를 타고 남태평양의 길버트 제
           도(Gilbert Is.)에 속한 부타리타리(Butaritari) 섬, 마
           리키(Mariki) 섬, 아파이앙(Apaiang) 섬, 아베마마
           (Abemama) 섬을 차례로 방문한 연후에 사모아 제도
           (Samoa Is.)로 가서 6주일간 체류하며 그곳 환경과 원주
           민들에 친숙해지려고 노력함. 9월 장편소설『밸런트레이
           의 지배자』를 출간함.

1890년   봄 오스트레일리아 시드니를 여행한 스티븐슨은 4월 자
           넷니콜 호(Janet Nicoll 號)를 타고 시드니를 출항하여
           남태평양의 여러 섬들을 여행함. 10월 스티븐슨은 자신
           의 체질에 적합한 기후를 가진 사모아 제도의 우폴루
           (Upolu) 섬에서 정착하기로 결정하고 그 섬의 마을 바일
           리마(Vailima)에 땅을 매입하여 집을 짓고 생활하기 시
           작함. 그동안 창작에 매진하며 정치활동도 적극적으로
           병행하여 사모아의 발전에도 일조함으로써 주민들의 존
           경을 받음. 12월 발라드[설화시(說話詩)]를 수록한『발라
           드들Ballads』을 출간함.

1891년   단편소설「병(瓶)에 담긴 아기도깨비The Bottle Imp」
           를《뉴욕헤럴드New York Herald》(2~3월호)와 런던의

스티븐슨이 말년에 거주한 바일리마의 집

《블랙앤화이트Black and White》(3~4호)에 연재했고, 8
월부터(1892년 7월까지) 의붓아들 로이드와 함께 집필
한 모험추리소설『난파선 약탈자The Wrecker』를 미국
뉴욕 시에서 발행되는 문예잡지《스크리브너스매거진
Scribner's Magazine》에 연재함.

1892년   중편소설『팔레사 해변The Beach of Falesá』을 런던
의 주간지《일러스트레이티드런던뉴스The Illustrated
London News》에 발표함. 4월에는『대평원 횡단』을, 7월
에는『난파선 약탈자』를 출간함.

1893년   단편소설「목소리들의 섬The Isle of Voices」을 집필하
여 단편소설「병에 담긴 아기도깨비」와 중편소설『팔레
사 해변』을 묶어 소설집『섬의 야간에 즐기는 이야기들

스티븐슨(1892년): 이탈리아의 화가 지롤라모 네를리(Girolamo Nerli, 1860~1926)가 그린 초상화.

Island Nights' Entertainments』(또는『남태평양 이야기들South Sea Tales』)을 4월에 출간함. 9월에는 『유괴된 소년』의 속편으로 1892년 12월부터 미국 잡지 《애틀란타Atlanta》에 연재한 장편소설 『카트리오나Catriona』(미국판 제목은 『데이빗 발퍼David Balfour』)를 단행본으로 출간함.

1894년   9월 로이드와 함께 공동집필한 장편소설 『썰물The Ebb-tide』을 출간함. 12월 4일 뇌출혈로 스티븐슨 사망. 바일리마 자택의 뒤에 있는 바이아 산(Vaea 山) 꼭대기에 묻힘.

〈부록 1〉

로버트 루이스 스티븐슨의 특징들

G. K. 체스터턴

〈부록 1〉 로버트 루이스 스티븐슨의 특징들

G. K. 체스터턴[1]

만물만인(萬物萬人)은 타물타인(他物他人)들과 비교되면 사뭇 과소평가될 뿐더러 특히 자체적으로도 과소평가된다. 그래서 인간들이 인간들을 보고 느끼는 싫증은 마치 푸른 초원에서 푸른 카네이션을 찾아야 하는 사람이 초원을 보고 느끼는 싫증만큼 심대해진다. 모든 위인이 비난되고 악평될 만한 성질들을 지닌다는 것은 분명하다. 하지만 위인들의 위대성에 내재된 그런 불가피한 결함들은 가장 다종다양하게 변이한다. 그런데 스티븐슨에게 가해지는 악평은 유달리 교묘하고 유달리 강조되며 유달리 불공정하다. 윌리엄 블레이크나 로버트 브라우닝이나 월트 휘트먼 같은 위인들의 장점[2]은 그들이 정통문학의 까다로운 관습들을 준수하지 않았다는 데 있다. 스티븐슨의 약점을 훨씬 더 커보이게 만드는 것은 바로 그가 그런 관습들을 준수했다는 사실이다. 그는 예술의 사소한 문제들마저 의식하는 양심을 지녔기 때문에 거대한 문제들을 다룰 상상력

---

1   길버트 케이스 체스터턴(Gilbert Keith Chesterton, 1874~1936): 'G. K. 체스터턴'이라는 이름으로 더욱 유명하고 "패러독스의 왕자(prince of paradox)"라는 별명을 얻은 잉글랜드의 작가, 재야(在野) 신학자, 시인, 극작가, 언론인, 연설가, 문인, 예술평론가.
2   윌리엄 블레이크(William Blake, 1757~1827)는 잉글랜드의 시인 겸 화가 겸 신비학자, 로버트 브라우닝(Robert Browning, 1812~1889)은 잉글랜드의 시인 겸 극작가, 월트 휘트먼(Walt Whitman, 1819~1892)은 미국의 시인 겸 에세이스트 겸 언론인이다.

을 지닌 인물로 인식되지 못했다. 혹자들은 비유하자면 '그가 건축가로서는 분명히 열등했고 오직 건축노동자로서만 우수했다는 평가를 받을 수 있다'고 추측한다. 이런 추측을 유발한 오해는 현대의 예술, 문학, 종교, 철학, 정치를 다루는 수많은 분야들에서도 대단히 널리 유통되는 오해이다.

스티븐슨의 가장 뛰어나고 빛나는 특징은 경쾌함이다. 그리고 그의 경쾌함은 수많은 진지한 철학들의 꽃이다. 강자는 언제나 경쾌하다. 약자는 언제나 둔중하다. 민첩하고 변화무쌍한 경쾌함은 강력한 신체를 상징한다. 인격의 경쾌함은 정신의 강력함을 상징한다. 충분히 강력한 신체의 소유자는 대형쇠망치로도 달걀껍질을 깨뜨리지 않고 가볍게 톡톡 두드릴 수 있다. 허약한 신체의 소유자는 대형쇠망치로 달걀껍질은 물론 달걀이 놓인 탁자마저 박살내버릴 것이다. 더구나 그가 매우 허약한 자라면 자신이 탁자를 박살내버렸다고 우쭐하여 제왕의 파괴력을 타고난 강자로 자처할 것이다.

표면적으로 비유하자면 바로 이런 강자의 능력이 바로 스티븐슨의 특출한 능력이다. 그는 말하자면 '완벽한 정신운동능력'으로 지칭될 만한 것을 지녔다. 그는 이런 능력을 지닌 덕분에, 비유하자면, 험준한 바위산봉우리들을 가볍게 뛰어다닐 수 있을 뿐 아니라 필요한 모든 곳으로 민첩하게 이동할 수 있었다. 그는 평론가이자 논쟁가로서도 탁월한 자질을 지녔으므로 언제나 자신에게 어울리는 무기를 발견할 수 있었다. 물론 그는 시류(時流)의 사교장이나 연회장에서 여차하면 검을 뽑아드는 평균적인 허세꾼 같은 사람이 아니었다. 그의 자질은 아주 건강해서, 예컨대, '그의 불행한 친구이자 진실하고 나무랄 데 없는 성정을 가졌으되 그런 성정을 점점 더 애처롭고 여성스럽게 표현했던 윌리엄 어니스트 헨리'보다도 그를 훨씬 돋보이게 만드는 경향을 지녔다. 헨리는 비록 훌륭한 시인이자 평론가였어도 달걀껍질을 가볍게 두드리기는커녕 박살내버리는 데 탁월했던 인물이다. 그가 근래 집필한 스티븐슨에 관한 논문은 스티븐슨이 지닌 이렇듯 특별하고 극히 중요한 자질을 완전히 간과했다.

그 논문에서 헨리는 자신의 유명한 친구를 괴롭힌 신체적 불행들에 거의 누구나 표하는 존경심을 매우 감정적으로 항의하는 데 열중했다. 그는 "스티븐슨이 불행한 인간이라면 우리도 모두 불행한 인간들이 아닌가?"라고 썼다. 이어서 그는 빈자(貧者)와 병자의 이미지들과, 그런 불행들에 시달리는 자들의 스토아주의[3]적인 이미지들을 차례로 상기시켰다. 그런데 만약 감상주의(感傷主義)가 '총명한 지성의 탁월성을 흐리는 일종의 감정운동을 용납하는 경향'으로 정의될 수 있다면, 이런 헨리의 견해야말로 가장 확실한 감상주의이다. 왜냐면 스티븐슨이 표현한 용기숭배(勇氣崇拜)의 진정한 성격을 헨리보다 더 완벽하게 오해할 사람은 없을 것이기 때문이다. 고통에 시달리는 모든 인간 중에도 스티븐슨이 더욱 현대적이고 신비한 순

---

3   Stoa主義(=stoicism): "스토아정신" 또는 "스토아철학"으로도 번역되는 이 단어는 "금욕," "금욕주의," "극기(克己)," "냉철" 등으로도 번역된다. 여기서 체스터턴은 "스토아주의"를 "스토아정신"과 "금욕주의"를 모두 함유하는 단어로 사용했다.

교자들의 대표자로 선발된 이유는 매우 단순하고 단일하다. 하지만 그 이유는 합리적 용기를 지닌 다른 남자들처럼 스티븐슨도 한탄하거나 자살을 시도하거나 술에 찌들기보다는 고통과 한계를 끝끝내 견뎌냈다는 단순한 사실이 아니다. 그런 사실만 따진다면 우리 모두가 병자들이고 스토아주의자들이다.

이런 맥락에서 스티븐슨이 지닌 특출한 매력의 근원은 그가 대표적 인물이라는 사실, 즉 부정적 용기뿐 아니라 긍정적이고 서정적인 명랑성을 대표하는 인물이라는 사실에 있다. 이 용사(勇士)는 전쟁터에서 상처를 입고도 신음소리조차 내지 않았을 뿐더러 아직 아무 상처도 입지 않고 전쟁터로 다시 돌진하는 수많은 용사들만큼 씩씩하고 용감하게 군가까지 불러댔다. 이 불구자는 자신에게 맡겨진 짐들뿐 아니라 수많은 동시대인들에게 맡겨진 짐들까지 함께 짊어졌다. 천식을 앓는 날품팔이나 폐병을 앓는 재단사보조가 고통을 견디며 일하는 모습을 바라보는 사람들은 누구나 형언하기 가장 힘든 존경심을 느낄 수밖에 없다. 그럴지라도 날품팔이는 「삼중갑옷」을 집필하지 못하고 재단사보조는 『동시들의 정원』을 창작하지 못한다. 그들의 스토아주의는 장엄하기는 해도 결국 스토아주의일 따름이다. 하지만 스티븐슨은 스토아주의자로서 자신의 번민들을 상대하지 않는다. 그는 에피쿠로스주의자처럼 자신의 번민들을 상대

---

4   스티븐슨이 1885년 출간한 이 동시집은 어른들로부터도 많은 인기를 얻었다고 한다.
5   Epicurean: 에피쿠로스(Epicouros, 서기전341~270)가 가르친 소박한 향락, 절제, 은둔의 미덕을 강조하는 윤리적 쾌락주의 즉 에피쿠로스주의(Epicureanism)를 신봉하거나 추종하는 사람.

한다. 그는 금욕의 승리를 연습한다. 그런 연습을 위한 경쾌한 금욕은 음울한 금욕보다 훨씬 더 힘겹고 끔찍한 것이었다. 그런 승리를 위해 연습해야 할 체념은 오직 '능동적이고 흥겨운 체념'으로만 지칭될 수 있다. 그것은 자족적 체념인 동시에 감염성(感染性) 체념이었다. 그런 승리는 그가 자신의 불행들을 주파하면서도 냉소자나 겁쟁이가 되지 않아서 거둘 수 있었던 것이기보다는 오히려 그가 자신의 불행들을 주파했으면서도 아주 이례적으로 유쾌하고 합리적이며 예의바른 인물로서뿐 아니라 매우 이례적으로 명랑하고 자유로운 정신의 소유자가 되었기 때문에 거둘 수 있었던 것이다. 그의 승리는, 바꿔 말하면, 그가 자신의 불행들을 주파했으면서도 윌리엄 어니스트 헨리 같은 인물이 되지 않았기 때문에 거둘 수 있었던 것이다.

스티븐슨이 거둔 이런 승리의 일면은 각별할 뿐더러 우리가 더 선명하게 파악할 수 있는 것이기도 하다. 스티븐슨이 자신의 신체적 약점들을 극복하고 거둔 이런 승리는 단지 희열과 신념이라는 요소들과 관련해서만, 그리고 '우주적 용기(勇氣)라는 새로운 근본미덕'으로 불릴 수 있는 것과 관련해서만, 일반적으로 언급될 따름이다. 하지만 스티븐슨이 자신의 신체를 대하는 기묘하고 흥미로우리만치 초연한 태도는 순수한 지성의 측면에서도 거의 똑같이 강렬하게 드러낸다. 도덕적인 어떤 속성들을 차치하면, 스티븐슨의 특징은 그가 경쾌한 지혜 같은 것을 지녔다는 것이다. 그런 지혜는, 말하자면,

경쾌하고 호방한 합리성으로 지칭될 수 있는데, 대단히 불리하거나 고통스러운 여건에서 살아가는 사람들은 그런 합리성을 매우 드물게 그리고 매우 힘겹게 사용할 수 있다. 강자의 노동력이 무가치하게 생각될 가능성은 있어도 강자의 '느긋할 수 있는 능력'이 무가치하게 생각될 가능성은 매우 희박하다. 어떤 경우에도 굴하지 않는 신념의 소유자가 무가치하게 생각될 가능성은 있어도 염세주의자들을 감당할 신념의 소유자가 무가치하게 생각될 가능성은 희박하다. 어두운 병실의 병상에 누워있어도 낙관주의자가 될 수 있는 사람은 없지도 않고 또 이상하게 보이지도 않을 것이다. 하지만 어두운 병실의 병상에 누워서도 합리적 낙관주의자가 될 수 있는 사람은 아주 이상하게 보인다. 현대의 낙관주의자들 중 합리적 낙관주의자가 되는 데 거의 유일하게 성공한 사람이 바로 스티븐슨이었다.

매우 온전한 정신을 소유한 무척 많은 사람의 신념처럼 스티븐슨의 신념도 이른바 패러독스(paradox: 逆說) — '존재의 모든 겉보기현상을 감안하면, 존재는 절망적인 것이라서 찬란하다'는 패러독스 — 라는 것에 기반을 두고 성립되었다. 패러독스는 현대적이고 공상적인 것은 전혀 아니고 인문학의 모든 중대한 가설(假說)이 타고나는 것이다. 예컨대, 가톨릭 기독교의 최상기도문으로 꼽히는 「아타나시오스 신경(信經)」[6]은 마치 현대의 사회적 희극처럼 기막힌

<hr>

6 Athanasian Creed: "아타나시오 신경" 또는 "아타나시우스 신조(Athanasius 信條)"로 지칭되는 이 신경은 기독교 가톨릭교의 4대 신경으로 신봉되며 삼위일체론과 그리스도의 인류구원을 강조한다. 이것은 고대 알렉산드리아(Alexandria)의 대주교 아타나시오스(Athanansios, 296~373)가 같은 알렉산드리아의 주교 아리우스(Arius, 250~336)의 '예수 그리스도는 신의 피조물이다'는 교리에 반대하여 제창한 것으로 알려졌다.

패러독스를 설파한다. 똑같은 맥락에서 과학철학은 '유한공간이 생각될 수 없으면 무한공간도 생각될 수 없다'고 설파한다. 그래서 가장 유력한 근대 메타자연학자 헤겔은 신학의 마지막 누더기가 벗겨지고 철학의 최후논점이 해명되자마자 서슴없이 '존재는 비(非)존재와 같다'고 선언해버렸다. 그래서 현대정신을 밝히는 전광(電光) 같은 희극 『윈더미어 부인의 부채』의 총명한 작가는 '인생은 너무 중요해서 진지하게 받아들여질 수 없는 것이다'고 깨닫는다. 그래서 테르툴리아누스는 신앙의 초기단계들에서 "나는 존재할 수 없는 것을 믿는다"고 말했다.

그러므로 우리는 스티븐슨의 낙관주의가 지닌 이런 패러독스적

---

7 헤겔(Georg Wilhelm Friedrich Hegel, 1770~1831)은 이른바 변증법적 관념론을 설파한 독일의 철학자이다. 여기서 "메타자연학자(metaphysicist)"는 한국에서는 "형이상학자"로 번역되어왔다. 그런데 이 자리를 빌려 "메타자연학(metaphysics)"에 관한 객설 한마디 해두자면, 이 용어는 지금까지 한국에서 이른바 "형이상학(形而上學)"이라는 말로 번역되어왔다. 그러나 번역자는 이 "형이상학"이라는 번역어가 '메타피직스'의 본의를 그야말로 "형이상학"적으로 왜곡해왔다고 생각한다. 왜냐면 번역자는 '메타피직스'의 더 정확한 번역어는 '메타자연학'이나 '메탈물리학' 아니면 차라리 '후(後)자연학'이나 '후(後)물리학' 아니면 '본질학(本質學)'이나 '무형학(無形學)'이나 '정신학(精神學)' 같은 것들이라고 보기 때문이다. 더구나 만약 '형이상학'이라는 것이 분명히 존재한다면, 그것은 "형이하학(形而下學)"이라는 것의 존재를 전제하거나 가정하는 것일 수밖에 없을 터인데, 그렇다면 "형이하학"이란 대관절 또 무엇일까? 그것이 결국 '피직스(physics)' 즉 '자연학'이나 '물리학' 혹은 — 굳이, 죽으나 사나, '형(形)'이라는 단어를 사용하겠다면, — '유형학(有形學)'이 아니라면 또 무엇일까? 이런 어이없는 사태를 차치하더라도, 어쨌든지, '메타피직스'는 말 그대로 반드시 '자연학'이나 '물리학'을 토대로 삼아야만(답파/섭렵/편력하고 나아만) 이해될 수 있다는 의미를 함유한 것인 반면에, 한국에서 여태껏 관행적으로 상용/통용되어온 이른바 "형이상학"은 지금까지 자연학이나 물리학을 거의 도외시한 이른바 '뜬구름 잡는 상념학(想念學)'이나 관념학(觀念學)' 같은 것으로 이해되어온 나머지 '메타피직스'의 본의를 그야말로 "형이상학"적 편견들로써 왜곡하거나 희석해왔는데도, 조금이라도, 그것을 의혹하거나 의문시하는 경우를 찾아보기 어려운 지경이다. 물론 번역자의 이토록 짤막한 각설/객설만으로는 이토록 요령부득한 번역어가 탄생하여 관행적으로 상용/통용된 과정이나 사연을 검토하고 해명하기는 불가능할 것이다. 번역자는 그래서 앞으로 이 번역어에 대한 자칭타칭 전문가들의 재검토가 충분히 이루어지기를 기대할 따름이다.

8 Lady Windermere's Fan, A Play About a Good Woman: 아일랜드 태생 잉글랜드인 극작가 겸 시인 겸 평론가인 오스카 와일드(Oscar Wilde, 1854~1900)가 창작하여 1892년 런던의 세인트제임스 극장(St James's Theatre)에서 초연되었다 1893년 초판된 희극.

9 Quintus Septimius Florens Tertullianus(160~225): 아프리카의 카르타고[Carthage: 현재의 튀니지(Tunisie)]에서 태어나고 활동하면서 많은 기록들을 남긴 초기 기독교 교부(敎父).

인 성격에 즉각 반발할 필요도 없거나, 그런 성격이 그를 우스운 인물로 보이게 만드는 예술적 겉치레 내지 "시시한 쾌락주의"의 일부에 불과하다고 잠시나마 상상할 필요도 없을 것이다. 그의 낙관주의는 인습적 낙관주의의 상투적 수단을 구성하는 화초들과 햇살들에 사로잡히기는커녕 해골들과 몽둥이들과 교수대(絞首臺)를 관조하는 각별한 쾌락을 누리는 낙관주의다. 그런 낙관주의는 천사의 얼굴을 꿈꾸어 자신의 개인적 고통을 망각할 수 있는 낙관주의자의 것이지 키다리 해적 실버 선장[10]의 흉험한 얼굴을 꿈꾸어 자신의 개인적 고통을 망각할 수 있는 낙관주의자의 것과는 매우 다른 것이다.

그래서 이런 스티븐슨의 낙관주의적 신념은 아주 명확하고 독창적인 철학적 의미를 지녔다. 다른 사람들은 '존재는 조화롭다'고 보아 존재를 정당시해왔다. 하지만 스티븐슨은 '존재는 전투라서 투지를 자극하는 아름다운 불협화음이다'고 보아 존재를 정당시했다. 그는 어떤 논리보다도 훨씬 더 심오한 일련의 사실들 ― 영혼의 위대한 패러독스들 ― 에 호소했다. 왜냐면 그는 '논리적으로는 인간정신을 고무해야 할 모든 것이 현실적으로는 인간정신을 의기소침하게 만들고, 논리적으로는 인간정신을 의기소침하게 만들기 마련인 모든 것이 현실적으로는 인간정신을 고무한다'는 특이한 사실을 알았기 때문이다. 예컨대, '고통은 신이 최악인(最惡人)들에게 내리는 천벌이다'고 생각하는 합리주의자의 설명보다 더 현실적으로 실

---

10   Long John Silver: 스티븐슨의 장편소설 『보물섬』에 나오는 주요 등장인물.

망스럽게 여겨지는 설명은 없을 것이다. 그런 한편에서 '고통은 신이 최선인(最善人)들에게 내리는 은총이다'고 가르치는 위대한 신비주의자의 교리보다 더 용기와 기운을 북돋우는 교리는 없을 것이다. 우리는 영웅들의 고통을 용인할 수 있는 반면에 범죄자들의 고통을 혐오한다. 우리는 고통스러워도 그 고통이 신비한 것이라면 그것을 존중하고 견디느라 모든 인내력을 발휘할 수 있다. 하지만 그것이 합리적 고통이라면 우리의 가장 깊은 본능은 그 고통에 반발한다. '최선인은 가장 극심한 고통을 당한다'는 이런 교설은, 당연히도, 기독교의 최고 교리이다. 그리스도가 부당하게 겪은 극심한 고통들에 관한 이야기는 여태껏 수백만 명에게 용기와 위안을 동시에 안겨주었다. 그래서 만약 그의 고통들이 온당한 것들이었다면 우리 모두는 염세주의자들이 되고 말았을 것이다.

스티븐슨의 중대한 윤리적·철학적 가치는 이렇듯 '삶은 암울해질수록 더 매혹적인 것이 되고 오직 더욱 힘겨워져야만 더 높은 가치를 획득한다'는 위대한 패러독스를 그가 깨달았다는 사실에서 생겨난다. 그의 눈에는 '각자의 의무를 불길하게 바라보는 전망들에 더욱 확고부동하고 침울하게 집착하는 자들'일수록 '사물들에 대한 찬가를 더욱 과시적으로 합창하는 자들'로 보였다. 그에게 만물은 영웅적인 것들로 보였으므로, 그리고 염세주의자보다 더 영웅적인 자는 없게 보였으므로, 그는 낙관주의자였다. 스티븐슨이 볼 때 낙관주의자는 염세주의의 가장 무서운 경구(警句)들에 속한 자였다.

스티븐슨은 '우리가 살아가는 이 행성에 가득한 피[血]와 동물과 식물은 해적선 한 척을 채울 수 있는 것들보다 훨씬 많다'고 말했다. 그는 '인간은 응집된 먼지덩이의 질병이다'고 말했다. 다른 모든 평범한 낙관주의자와 스티븐슨을 다르게 만들어주는 스티븐슨의 최고위상과 최대차이점은 바로 이런 사실 — 즉, 모든 평범한 낙관주의자는 '이 모든 사태를 무릅써도 삶은 거룩하다'고 말하는 반면에 스티븐슨은 '이 모든 사태 덕분에 모든 삶은 거룩하다'고 말한다는 사실 — 에서만 유래한다. 스티븐슨이 발견한 사실은 그와 너무나 달라서 단지 이름 —부스 장군[11] — 만으로도 합법적 실소(失笑)를 촉발하는 인물이 발견한 사실과 똑같이 위대한 것이었다.

다시 말하면, 스티븐슨은 '종교진화는 최후에야 발견되는 성질을 띠는 것일 수 있다'는 사실, '교회들 안에서 주어지는 평화의 매력은 교회들 바깥에서 전쟁이 보증하는 종교정신의 매력보다 약하다'는 사실, '안식을 원하는 사람이 한 명이라면 흥분을 원하는 사람은 백 명이다'는 사실, '종교인들뿐 아니라 심지어 평범한 사람들도 결국에는 삶이나 죽음이 아닌 그들의 투지를 부추기는 북소리를 원한다'는 사실을 발견했던 것이다.

모든 터무니없는 비교(比較) 중에도 가장 진기한 비교는 '낡은 복음주의를 신봉하는 폭군 및 광신도'와 '우아하고, 쾌락주의자(hedonist)와 흡사한 문학인'의 비교가 분명하다고 정당하게 말해

11　General Booth: 잉글랜드의 감리교 목사이자 이른바 구세군(Salvation Army)을 창시한 윌리엄 부스 (William Booth, 1829~1912).

질 수 있을 것이다. 그러나 이런 억지스러운 비교들도 헤아릴 수 없이 온전한 정신의 결과들인데, 왜냐면 그것들은 모든 개념 중에도 가장 온전한 개념인 '사물들의 단일성'을 우리에게 상기시키기 때문이다. '먼 옛날에 태어나 영원한 세월을 살아가는 인디아의 찬란하면서도 애처로운 어느 왕자'가 깨달은 것들과 동일한 많은 개념들을 '19세기에 살았던 애처롭다 못해 음침하기까지 하던 독일의 어느 교수'도 깨달았다. 왜냐면 붓다와 쇼펜하워 사이에는 근본적인 유사점들이 다수 존재하기 때문이다. 이 대목에서 세월의 흐름은 단순한 모방자를 배출할 수 있다고 주장하는 사람도 있겠지만, 그의 주장은 '심지어 예술들에 대한 관심마저 끊어버릴 정도로 냉혹한 합리주의자로 변한 찰스 다윈'과 '점성술과 강신술(降神術)을 갈망할 정도로 맹렬한 심령주의자(心靈主義者)로 변한 앨프레드 러셀 월러스'가 진화론을 발표한 때가 같다[12]는 사실만으로도 쉽게 반박될 수 있다. 시공간적으로 서로 가장 큰 차이를 지닌 사람들도 세계를 가로지르는 보이지 않는 끈들로 연결되어있는데, 이런 맥락에서 보면 스티븐슨도 본질적으로 구세군 대령이었다. 다시 말해서 그는 '종교와 군대활동은 같다'고 믿었다. 물론 그의 군인정신은 신중히 이해되어야 한다. 그것은 개인적 싸움을 바라보는 관점과 전혀

---

12   브리튼의 자연학자 겸 생물학자이던 찰스 다윈(Charles Robert Darwin, 1809~1882)과 역시 브리튼의 자연학자 겸 생물학자 겸 인류학자이던 앨프레드 러셀 월러스(Alfred Russel Wallace, 1823~1913)는 각자 개인적으로 '자연선택을 통한 생물진화에 관한 이론'을 연구하여 작성한 논문들을 1858년 7월 1일 런던 린네 학회(Linnean Society)의 한 학회지에 동시에 발표했다. 여기서 "린네 학회"의 "린네"는 스웨덴의 식물학자 겸 의사 겸 동물학자 카를 폰 린네(Carl von Linné, 1707~1778)를 가리킨다.

다른 관점에서 고찰되어야 한다. 그것은 현대의 몇몇 작가들이 사망자와 부상자(負傷者)를 관찰하고 정복당한 자들의 고통들을 실감나게 표현하는 사악한 쾌감 — 현대의 몇몇 작가들이 단지 흰 종이에 검은 잉크로 묘사하기만 하는 쾌감일망정 단순한 살인죄보다 훨씬 더 사악한 쾌감 — 을 전혀 내포하지 않았다. 스티븐슨의 군인정신은 군대에서 실제로 복무하는 일반적인 군인의 군인정신과 마찬가지로 단순히 정복과 지배를 노래하는 모든 시심(詩心)을 벗어난 것이었다. 요컨대, 그것은 야간파수활동들, 행군들, 숙영용(宿營用) 모닥불들을 노래하는 시심이었다. 스티븐슨은 자신이 하나님의 군대에 속한다는 것을 알았다. 왜냐면 그는 적군을 그다지 두려워하지 않았기 때문이다. 이것이 바로 태초부터 우리를 괴롭히고 현혹해온 미지의 것을 상대로 전쟁하면서도 자체의 고유한 청렴성을 지켜야만 안전할 수 있는 이른바 "전투하는 교회"와 그의 유사점이었다.

전쟁에 대한 스티븐슨의 이런 관점은, 당연히도, 또다른 문제를 암시하는데, 그 문제의 주제는 그에 관해 쓰인 많은 글에서도 다뤄져온 '어린이다움과 어린이'이다. '스티븐슨 정신의 빛나는 어린이다운 성격은 그의 군인정신에서 발생하는 어떤 악도 그를 해치지 못하게 그를 보호한다'는 것은 물론 진실이다. 어린이는 폭력미학(暴力美學)의 탐미자가 되지 않고도 자신의 보모(保姆)를 목검(木劍)으로 세계 타격할 수 있다. 어린이는 그렇듯 강한 타격을 즐길 수는 있어도 자신이 타격한 상대방의 신체부위에 생기는 멍의 흑색과 청색의 조화로운 색상들을 즐길 필요는 없다. 인간본성의 호전적 측면에 대한 스티븐슨의 관심은 대체로 어린이다운 것, 다시 말해서, 대체로 주관적인 것이었다는 것은, 당연히도, 의심할 나위없는 진실이었다. 그는 시(詩)의 단순미를 구성하는 원초적 색조들을 띠는 모든 물질에 관해 생각했다. 그는 가장 뛰어난 편지 한 편에서 더할 나위 없이 기쁘게 다음과 같이 썼다. "우리는 절대로 피맛[血味]을 보지 말아야 하는가?" 하지만 그는 정녕코 피를 원하지 않았다. 그는 심홍색 안료(顔料)를 원했을 따름이다.

하지만 스티븐슨처럼 경쾌하면서도 미묘한 인물에게는 가장 명백하게 붙여진 서술어들조차 오해되고 부족해지는 경향을 보인다. 그래서 아주 기본적인 진실에 할당되어도 틀리지 않은 "어린애 같다"나 "어린이답다"는 서술어들조차 여전히 일정한 혼동의 원인으로 작용한다. 기존의 문예철학이 범하는 최대오류들 중 하나는 어린이와 소년을 혼동한다는 것이다. 예수 그리스도와 더불어 시작된 많은 중대한 가르침들은 어린이의 심오한 철학적 중요성을 인지해왔다. 어린이는 만물을 신선하게 충분히 바라본다. 그래서 우리가 성장할수록 사물들을 더 관성적으로 더 부실하게 바라보고 정신적으로나 도덕적으로 학생근시(學生近視)를 더 심하게 앓는다는 것은 진실이다.

하지만 소년의 문제는 어린이의 문제와 근본적으로 다르다. 소년은 세속적이고 다루기 힘든 속성들, 즉, 여전히 시적(詩的)인 것들이되 그다지 단순하거나 보편적인 것들이 아닌 속성들의 최초성장을 대변한다. 어린이는 세계의 꾸밈없고 숨김없는 모습을 즐긴다. 하지만 소년은 비밀을 원하고 이야기의 결말을 바란다. 어린이는 태양 아래서 춤추기를 소망한다. 하지만 소년은 숨겨진 보물을 찾아 항해하기를 소망한다. 어린이는 꽃을 보고 즐거워하지만 소년은 동력기계를 보고 즐거워한다. 그래서 스티븐슨의 가장 뛰어나고 가장 특출한 업적은 오히려 그가 소년의 탐미적 본능들을 진지하게 시적(詩的)으로 다룬 최초의 작가였기 때문에 달성할 수 있었던 것이다. 그는 장난감 딸랑이보다는 오히려 장난감 권총을 찬양했다. 하지만 각광받는 문인들과 예술인들은 '어린이'와 '어린이의 장난감 딸랑이'를 찬양했다. 한스 안데르센, 찰스 킹슬리, 조지 맥도널드, 월터 크레인, 케이트 그린웨이[13]를 포함한 수많은 저명한 문인들과 예술인들은 각자의 탁월한 재능들을 이용하여 세례를 받았다. 하지만 무기력한 어린이(가 만약 남자아이라면 ― 소녀들은 매우 상이한 주제이다)의 비극은 단지 이런 사실에서, 즉 피시 셸리와 조지프 터너[14]처럼 스티븐슨도 일곱 살 때까지 훌륭한 문학과 예술로써 양육되어 행동과 지식을 갈망하고 투쟁과 발견을 갈망하며 '사실들의 매력'

13 한스 안데르센(Hans Christian Andersen, 1805~1875)은 덴마크의 동화작가 겸 시인, 찰스 킹슬리(Charles Kingsley, 1819~1875)는 잉글랜드의 성직자 겸 역사학자 겸 소설가, 조지 맥도널드(George Macdonald, 1824~1905)는 스코틀랜드의 성직자 겸 작가 겸 시인, 월터 크레인(Walter Crane, 1845~1915)은 잉글랜드의 화가, 케이트 그린너웨이(Kate Greenaway, 1846~1901)는 잉글랜드의 작가 겸 아동도서삽화가이다.
14 퍼시 셸리(Percy Bysshe Shelley, 1792~1822)는 잉글랜드의 시인, 조지프 터너(Joseph Mallord William Turner, 1775~1851)는 잉글래드의 화가이다.

과 '지리학을 위한 야생적 시심(詩心)'을 갈망하는 새로운 충동들과 관심들이 자신의 내면에서 자라난다고 느꼈다는 사실에서 비롯되었을 따름이다. 그래서인지 스티븐슨은 불현듯 문학에서 손을 떼버렸고 『인디언[15]들과 함께하는 용감한 선원[16]』밖에 읽을 수 없었다. 그의 일생 전체를 미루어보건대 그도 한스 안데르센처럼 문학작품인 동시에 '어린이용 책이 아닌 소년용' 책을 단 한 권만 남겼는데, 그 책의 제목은 바로 『보물섬』이다.

---

15 Indian: 아메리카 원주민.
16 Jack Valiant among the Indians: 이 책의 저자는 물론 책의 존재여부도 확인되지 않는다.

〈부록 2〉

로버트 루이스 스티븐슨의
개성과 문체

윌리엄 로버트슨 니콜

로버트 루이스 스티븐슨의 개성과 문체

윌리엄 로버트슨 니콜[1]

흐르는 세월은 작가의 미덕을 자유롭게 만들고 그 작가가 충분한 생명력을 지녔는지 여부를 결정짓는다. 스티븐슨의 생명력은 지속될까? 의심할 여지없이 지속될 것이다. 그는 대단한 인기를 누리는 많은 작가들보다 불멸할 가능성을 더 많이 지녔기 때문이다. 비록 그의 책들이 별로 팔리지 않을 수도 있고 심지어 문학시장들에서도 이따금 그가 사라질 수도 있겠지만, 그는 앞으로도 언제나 부활할 것이고 그의 명성도 찰스 램[2]의 명성처럼 오래 살아남을 것이다. 왜냐면 스티븐슨 특유의 개성과 문체를 생성시키는 두 가지 재능이 독자들을 매혹하기 때문이다.

스티븐슨의 개성은 색다른 매력을 지녔다. 그의 개성은 무엇보다도 이중적인 것이었다. 그는 프랑스 세벤을 여행하면서 우리도 모두 저마다 당나귀 한 마리와 함께 여행한다고 생각했다. 그의 중편소설 『지킬 박사와 하이드 씨』에서 당나귀는 악마가 된다. 모든 지킬에게는 하이드가 들어붙어있다. 혹자는 『지킬 박사와 하이드 씨』

---

1   William Robertson Nicoll(1851~1923): 스코틀랜드의 문인 겸 언론인.
2   Charles Lamb(1775~1834): 잉글랜드의 에세이스트. "엘리어(Elia)"라는 필명으로 발표한 『엘리어 에세이집Essays of Elia』이 유명하다. 잉글랜드의 작가 이워드 루카스(Edward Verrall Lucas, 1868~1938)는 램을 "잉글랜드 문단에서 가장 사랑스러운 인물"로 상찬했다.

는 스티븐슨을 도덕감각을 갖춘 에드거 앨런 포로 보이게 만든다고 말했다. 평론가들은 이 유명한 중편소설의 정확한 문학적 가치에 대한 의견을 달리할 수도 있겠지만, 이 소설로 표현된 스티븐슨의 심오한 인생사상의 중요성은 사라지지 않을 것이다. 그는 구획선들이 명확히 그어진 세계, 그리하여 양들과 염소들이 따로 격리된 세계에 정주(定住)하기를 원치 않았다. 그는 양들의 세계와 염소들의 세계 중 한 세계에만 정주하지 않고 두 세계를 넘나들었을 것이다. 그를 사로잡은 관심사는 윤리문제들이 틀림없었으므로 그는 도덕적 판단들을 내려야 할 때 — 예컨대, 로버트 번스에 관해 토로할 때 — 엄격해질 수 있었다. 스티븐슨은 종교적 성품을 타고났을 뿐 아니라 "짤막한 교리문답을 애용하는 전도사처럼" 종교적 훈련도 받은 인물이었다. 그가 처음 발표한 글은 스코틀랜드 기독교 서약파 신도들을 변호하기 위한 것이었고, 말년에는 남태평양 사모아의 선교사들과도 친밀한 우정을 쌓았다. 하지만 그는 윤리적으로나 종교적으로 "정통파"는 결코 아니었다. 그는 실로 많은 글을 썼고, 그것들은 일정한 주제들을 가졌는데, 그 주제들은 극히 난해해서 그는 그 주제들에 대한 의견을 결코 허심탄회하게 말하지 않았다. 예컨대, 사랑이라는 큰 주제와 그것에 딸린 모든 작은 주제에 관해 그가 생각하는 모든 의견을 — 적어도 대중에게는 — 결코 밝히지 않았다는 사실은 매우 확실하다.

---

3   Edgar Allan Poe(1809~1849): 미국의 시인 겸 소설가.
4   Robert Burns(1759~1796): 스코틀랜드의 시인.

그의 개성이 머금은 또다른 매우 인상적인 자질은 그의 강인한 용감성이다. 단적으로 말하면 그는 가장 용감한 남자였다. 그가 조지 메러디스[5]에게 보낸 편지에도 썼듯이, 그는 이따금 불리한 조건에서도 전투를 감행했다. 현대 세계의 인간들이 고난자(苦難者)에게 매료되는 현상은 자연스럽고, 그래서 그들은 고난이 고난자를 지배하거나 타락시키도록 내버려두지 않을 것이다. 그들은 '번영하고 유력하며 건강하고 풍족하게 장수하는 사람'을 염려하지 않는다. 물론 그들이 모든 용감성의 이면에는 심대한 고난이 숨어있으리라고 추측할 수는 있겠지만, 그들은 자신들의 눈에 보이지 않는 고난을 고난으로 확신하지 못한다. 그들은 찰스 램이 힘겨운 고난을 견디고 극복했기 때문에 찰스 램을 사랑한다.[6] 찰스 램이 때로는 고난에 굴복하고 때로는 실수하거나 타락했어도 그들은 찰스 램을 사랑한다. 샬럿 브론테도[7] 스티븐슨만큼 돋보이는 용감성의 소유자였지만, 스티븐슨만큼 용감하지는 못했다. 그녀는 먹구름이 자신의 인생을 뒤덮어 암울하게 만들어도 용납했다. 스티븐슨도 이따금 암울해졌지만 곧바로 기운을 회복하여 참신하고 쾌활한 언어를 구사할 수 있

---

5   George Meredith(1828~1909): 잉글랜드이 시인 겸 소설가.
6   찰스 램은 한때 정신이상증세를 앓았고 1795년에는 6주일간 정신병원에서 치료를 받기도 했다. 게다가 1796년 여동생 매리 램(Mary Ann Lamb, 1764~1847)이 극심한 신경발작을 못 견디고 모친을 살해했는데, 찰스 램은 그런 매리 램의 보호자가 되어 평생 결혼하지 않고 살았다. 1807년 램 오누이는 협력하여 어린이용 『셰익스피어 동화집Tales from Shakespeare』을 출간했다.
7   Charlotte Brontë(1816~1855): 잉글랜드의 소설가 겸 시인. 커러 벨(Currer Bell)이라는 필명으로 장편소설 『제인 에어Jane Eyre』를 발표했다. 그녀는 장편소설 『폭풍 몰아치는 고산지대Wuthering Heights』(이른바 『폭풍의 언덕』)를 쓴 에밀리 브론테(Emily Jane Brontë, 1818~1848)의 언니이고, 화가 겸 시인인 패트릭 브론테(Patrick Branwell Brontë, 1817~1848)의 누나이다.

었다. 그는 인생이 호의적이고 친절하며 예찬될 만한 방식으로 그에게 제공해야 마땅한 것들을 무엇이든 고맙게 열심히 받아들였다. 그는 어떤 곤경에 처해도 '사물들의 본성은 친절하다'고 믿는 신념을 잃지 않았다. 온갖 장애물이 그를 막아도 그는 자신의 과업을 줄기차게 최선을 다하여 수행하기를 결코 소홀하지 않았다. 그가 지닌 그토록 감동적이고 희귀하며 예찬될 만한 모범적인 기백은 쇠진한 인간에게는 불가결한 강장제 같은 것이었다.

스티븐슨은 이런 자질들을 겸비한 덕분에, 그리고 실제로 그 자질들의 자연스러운 결과로서, 보기 드문 예의범절의 소유자가 되었다. 자신의 도덕적 판단에 어긋나지 않는 모든 종류의 사람들에게 그가 보여준 모든 태도를 감안하면 그는 유대민족의 옛 노래에 언급되는 "사랑스럽고 유쾌한" 인물이었고, 윌리엄 로버트슨 스미스[8]가 번역한 대로라면 "사랑스럽고 매력적인" 인물이었다. 이토록 풍부한 개성을 지닌 스티븐슨은 표현력도 겸비했다. 그는 상대방을 충분히 배려하여 무례하지 않게 자신의 개성을 표현할 수 있었다. 매력적인 개성을 지닌 많은 작가들은 각자의 개성을 각자의 작품들에서 제대로 표현하지 못한다. 비유컨대, 그들이 쓴 소설들에서 표현되는 그들의 개성은, 만약 그들이 수학논문을 쓸 수 있다면, 수학논문에서 표현되는 것만큼 미미하다. 어쩌면 수학논문에서 표현되는 것보다 더 미미할지도 모른다. 왜냐면 기하학 저서를 재치와 개성 넘치는 필치

8　William Robertson Smith(1846~1894): 스코틀랜드의 종교학자 겸 동양학자이자 「브리태니커 백과사전 Encyclopædia Britannica」 편집인.

로 집필할 수 있는 오거스터스 디 모건[9] 같은 수학자들도 있기 때문이다.

그러나 스티븐슨은 개성뿐 아니라 특유의 문체도 겸비했다. 그의 빛나는 언어능력은 결코 부정될 수 없는 것이다. 그는 이따금 과도할 정도로 "까다롭게 굴기"는 했어도 그가 발휘할 수 있는 집필능력은 언제나 극소수 작가만 겨우 따라잡을 수 있을 만큼 비상하기 그지없었다. 우리는 스티븐슨의 문체가 대체로 그의 예의범절을 표현한다고 믿는다. 그는 예의바르고 친절하게 자신을 표현하기를 소망했을 뿐 아니라 그렇게 표현할 수 있었다. 실제로 그의 이런 예의바른 태도는 그로 하여금 예술가를 환희의 아들(Son of Joy)로 규정하게 만들었는데, 이런 규정은 예술의 목적에 관한 그의 다음과 같은 유명한 패러독스로 대변된다.

"프랑스어는 직업마다 붙여질 수 있는 로맨틱한 둔사[10]를 지녔고, 그런 둔사의 전문사용자들은 환희의 딸들(Daughters of Joy)로 불린다. 예술가는 [환희의 딸들과] 동일한 가족에 속한다. 왜냐면 예술가는 환희의 아들이고, 스스로 즐기기 위해 자신의 직업을 선택하며, 타인들을 즐겁게 하여 생계비를 벌고, 더욱 엄숙한 인간존엄성에 속하는 어떤 것을 내놓아왔기 때문이다."

'모든 예술은 장식(裝飾)이다'라는 이론은 심사숙고될 필요가 없는 것이다. 스티븐슨의 예술은 장식이 아니었다는 것은 분명한 사

---

9   Augustus De Morgan(1806~1871): 브리튼의 수학자 겸 논리학자.
10 遁辭: 관계나 책임을 회피하려고 억지로 꾸며서 하는 말.

실이기 때문이다. 그는 환희를 소망했을 뿐 다른 더 고상한 목적들을 지향하지 않았다. 그는 자신의 엄혹한 양심을 만족시켜야 했고, 그런 양심의 요구들에 성실하고 정직하게 온힘을 다하여 순종했다. 하지만 그는 너무 선량한 사람이라서 그런 정도로 만족하지 못했다. 밀턴[11]은 자신의 모든 작품에 가장 열정적인 노력을 투입했지만, '환희가 예술의 목적이다'고 믿지 않았다. 더구나 밀턴은 자신의 양심에 순종하는 데도 만족하지 않았을 것이다. 그는 전달할 메시지를 가졌고, 그것을 자신의 의도대로 가장 유력한 형식들에 담아서 전달했다. 스티븐슨도 메시지를 가졌고, 그것을 잊힐 수 없게 정확히 전달했다. 만약 그 메시지가 간명하게 표현되어야 한다면, 그것은 "선한 나의 영혼이여, 용감해라!"일 것이다. 그는 테니슨[12]을 환희의 아들로 부를 만큼 용감했지만, 다음과 같은 테니슨의 시행(詩行)들에는 진심으로 동의했을 것이다.

그러므로 여기서 자신의 예술에 서명한 자는
어떤 쓸데없는 변명도 하지 않으리니
국민의 기운을 북돋우는 노래야말로
하나의 위업이라네.

---

11   John Milton(1608~74): 잉글랜드의 시인으로 유명한 서사시집 『잃어버린 낙원Paradise Lost』(이른바 『실낙원(失樂園)』)과 『되찾은 낙원Paradise Regained』(이른바 『복낙원(復樂園)』)을 지었다.
12   Alfred Tennyson(1809~1892): 브리튼의 계관시인(桂冠詩人: 브리튼 왕실이 뛰어난 시인에게 하사하는 작위). 아래 인용된 시행들은 테니슨의 장시(長詩) 『발라클라바에 출전한 중무장여단(重武裝旅團)의 임무 The Charge of the Heavy Brigade at Balaclava』의 마지막 연(聯)이다. "발라클라바(Balaclava)"는 우크라이나(Ukrayina) 남부 크림 반도(Krym 半島)의 남단에 있는 항구도시이다.

〈번역자 후기〉

『자살클럽』의 가치와 미덕

김성균

『자살클럽』의 가치와 미덕

1

　스코틀랜드의 소설가 겸 시인 겸 에세이스트 로버트 루이스 스티븐슨(이하 "스티븐슨"으로 약칭)은 19세기 브리튼 신(新)낭만주의 문학의 대표자로 평가된다. 천재적인 작가로서는 드물게도 살아있을 때 이미 대중적 인기를 누린 스티븐슨은 지금까지 세계에서 가장 많이 번역된 문학작품을 창작한 작가 26명 중 한 명이기도 하다. 또한 그와 그의 작품들은 스코틀랜드의 소설가 아서 코넌 도일과 소설가 겸 극작가 제임스 매슈 배리(James Matthew Barrie, 1860~1937), 잉글랜드의 소설가 겸 시인 조지프 루드여드 키플링(Joseph Rudyard Kipling, 1865~1936), 미국의 소설가 겸 언론인 겸 사회운동가 잭 런던(Jack London, 1876~1916), 독일의 시인 겸 극작가 겸 연극연출가 베르톨트 브레히트(Bertolt Brecht, 1898~1956), 미국의 소설가 겸 언론인 어니스트 헤밍웨이(Ernest Hemingway, 1899~1961), 러시아의 소설가 블라디미르 나보코프(Vladimir Nabokov, 1899~1977), 아르헨티나의 소설가 겸 시인 겸 철학자 호르헤 루이스 보르헤스(Jorge Luis Borges, 1899~1986), 이탈리아의 시인 겸 소설가 겸 문학평론가 체사레 파베세(Cesare Pavese, 1908~1950) 같은 걸출한 문인들로부터도 찬사를 받아왔다.

그런데도 스티븐슨은 단지 '살아있을 때 대중적 인기를 누린 작가'라는 사실로 말미암아 오히려 문학평론가들 사이에서 부당할 정도로 과소평가되어왔다. 더구나 그의 많은 작품들 중에도 유독 『보물섬』과 『지킬 박사와 하이드 씨』라는 두 소설만 워낙 (특히 한국에서는 더욱) 인기를 누려서 그런지, 하여간, 그의 다른 많은 작품들은 거의 (역시 한국에서는 더더욱) 주목받지 못하는 기현상마저 벌어졌다. 이런 상황을 감안하면 코넌 도일의 다음과 같은 견해는 의미심장하게 들린다.

"스티븐슨은 고전작가인가? 물론, 충분히 그렇다고 말해질 수 있다. '고전'이 영원한 국민문학에 속하는 명작을 가리킨다면 그렇다는 말이다. 고전작가들이 무덤에 들어갈 때 비로소 사람들은 자신들이 고전작가들과 동시대에 살았다는 사실을 알아차린다. 에드거 앨런 포와 동시대에 살았던 사람들 중 누가 앨런 포를 고전작가로 알았겠는가? 또한 조지 바로우[1]와 동시대에 살았던 사람들 중 누가 바로우를 고전작가로 알았겠는가? 로마가톨릭교단은 순교자들이 죽은 지 1세기가 지나서야 비로소 그들을 성인들의 반열에 올려

---

1   에드거 앨런 포(Edgar Allan Poe, 1809~1849)는 미국 낭만주의 문학의 거장이자 독창적인 추리소설들로 유명한 소설가 겸 시인 겸 편집인 겸 문학평론가이다. 조지 바로우(George Henry Borrow, 1803~1881)는 잉글랜드의 소설가 겸 여행문학인으로서 대표작은 『스페인의 바이블: 혹은 이베리아 반도에 기독교경전을 보급하려고 노력한 잉글랜드인의 여행, 모험들, 투옥기The Bible in Spain; or the Journey, Adventures, and Imprisonment of an Englishman in an Attempt to Circulate the Scriptures in the Peninsula』, 19세기 잉글랜드 문학의 고전으로 손꼽히는 자전적 장편소설 『라벤그로: 학자, 집시, 성직자Lavengro: The Scholar, the Gypsy, the Priest』(1851), 『집시 신사 라이The Romany Rye』(1857)이다. 특히 『스페인의 바이블』은 당대 최대인기작가 찰스 디킨스(Charles Dickens, 1812~1870)의 베스트셀러 『크리스마스캐럴A Christmas Carol』(1843)보다 더 많은 판매부수를 기록했다고 한다.

놓았다. 우리의 고전작가들도 역시 마찬가지였다. 선택권은 우리의 손자들에게 있다. 하지만 나는 스티븐슨의 모험소설들이 건강한 소년들의 기억에 영원히 남으리라고 생각하며 「해안 모래언덕의 외딴집」 같은 단편소설도 『지킬 박사와 하이드 씨』 같은 중편소설도 영원히 존경받으리라고 생각한다. 아울러 나는 1870년대 후반과 1880년대 초반에 발표된 [스티븐슨의] 작품들을 읽으며 내가 느꼈던 열의와 희열도 생생히 기억한다.[2]

이렇듯 비록 드물기는 하지만 코넌 도일처럼 예리한 감식안을 지닌 작가들은 스티븐슨을 "고전작가"로 존경할 만큼 높이 평가해왔다. 그렇다면 무엇이 스티븐슨과 그의 작품들을 각광받고 존경받게 만들었을까? 그것은 스티븐슨 특유의 기질과 문체로 요약될 수 있다.

2

스티븐슨의 기질은 강인하고 합리적인 낙관주의(〈부록2〉 참조)와 자유로운 보헤미안 의지로 대변될 수 있다. 그는 병약한 체질을 타고났다. 하지만 오히려 그런 체질을 감내하고 극복하기 위한 노력이 그의 정신을 성장시키고 강인하게 만들 수 있었다.[3] 물론 질병

---

2 아서 코넌 도일, 『마법의 문을 열고 들어가면Through the Magic Door』(London: Smith, Elder and Co, 1907), pp. 269-270.

3 이 대목은 독일의 시인 겸 철학자 프리드리히 니체(Friedrich Nietzsche, 1844~1900)가 좌우명으로 삼았던 "정신은 상처를 통해 성장하고 강화된다(increscunt animi, virescit volner virtus)"는 고대 로마의 시인 아울루스 푸리우스 안티아스(Aulus Furius Antias, 서기전 100년경 활동)의 금언을 상기시킨다.(니체, 『우상들의 황혼Gätzen-Dämmerung』서문 참조.)

은 병자를 의기소침하고 비관적인 존재로 만들기 십상이다. 따라서 강인한 용기와 낙관적인 의지 없이는 질병의 노예로 전락할 수밖에 없다. 그런데 스티븐슨에게 그런 용기와 의지를 심어준 것도 어찌 보면 바로 그의 질병이었다고 할 수 있다. 침대에서 많은 시간을 지내야 했던 어린 스티븐슨에게는 독서야말로 질병을 감내하고 극복하는 데 필요한 의지의 원천이요 정신훈련의 수단이었을 것이다. 그는 수많은 책을 읽었는데, 그의 유년기에 유모가 읽어준 존 버니언의 『순례자의 여로』[4]와 바이블(특히 『신약전서』의 「마태오복음서」)을 위시하여 그가 성장기와 청년기에 읽은 셰익스피어(William Shakespeare, 1564~1616)의 작품들, 알렉상드르 뒤마(Alexandre Dumas, 1802~1870)의 소설 『브라즐론 자작(子爵): 10년 후Dix Ans plus tard ou le Vicomte de Bragelonne』(1848~1850), 몽테뉴(Michel Montaigne, 1533~1592)의 『에세이집Essais』(1580), 월트 휘트먼의 시집 『풀잎들Leaves of Grass』(1855), 허버트 스펜서(Herbert Spencer, 1820~1903)의 저서들, 조지 헨리 루이스(George Henry Lewes, 1817~1878: 잉글랜드의 철학자 겸 문학평론가)의 『괴테의 인생Goethe's Life』(1855), 마르쿠스 아우렐리우스(Marcus Aurelius, 121~180)의 『명상록Meditations』(170~180), 윌리엄 워즈워스(William Wordsworth, 1770~1850)의 시집들, 조

---

4   The Pilgrim's Progress from This World to That Which Is to Come; Delivered under the Similitude of a Dream(1678): 이 책의 제목은 한국에서 지금까지 「천로역정(天路歷程)」으로 번역되어왔다.

지 메러디스(George Meredith, 1828~1909)의 소설 『자아주의 자The Egoist』(1879), 헨리 데이빗 소로(Henry David Thoreau, 1817~1862)와 윌리엄 해즐릿(William Hazlitt, 1778~1830)의 저서들, 윌리엄 펜(William Penn, 1644~1718)의 『고독의 열매들Some Fruits of Solitude In Reflections And Maxims』(1682), 프리먼-밋퍼드(Algernon Bertram Freeman-Mitford, 1837~1916)의 『옛 일본설화들Tales of Old Japan』(1871) 같은 책들은 그의 삶과 문학에 지대한 영향을 끼쳤다.[5] 이런 방대한 독서 덕분에 스티븐슨은 병약한 사람들이 흔히 빠져드는 고질적인 심리적 덫들인 안일하고 맹목적인 낙관주의나 경솔하고 무분별한 비관주의에 빠지지 않는 강인하고 합리적인 낙관주의자로 성장할 수 있었다. 신체적 허약함 때문에 어릴 때부터 열렬히 동경하던 모험적이고 활동적인 삶을 문학으로 대신하기를 열망한 스티븐슨의 꿈을 강화시키고 문학습작을 지속할 용기를 북돋운 것도 바로 그런 낙관주의였을 것이다.

그런 한편에서 여행은 스티븐슨의 낙관주의뿐 아니라 자유로운 보헤미안의 의지도 강화했다. 여행은 스티븐슨에게 필수적인 것인 동시에 가장 큰 즐거움을 안겨주는 신체활동이었다. 그를 여행에 심취시킨 요인은 무엇보다도 그에게 부적합한 스코틀랜드의 음습하고 냉랭한 기후였다. 하지만 그에게 가업을 계승시키려고 건축공학

---

5 스티븐슨, 「나에게 영향을 끼친 책들Books Which Have Influenced Me」, 《브리티쉬위위클리British Weekly》(1887년 5월 13일).

1879년 8월 결행한 미국여행의 극심한 시련을 극복하고
12월 마침내 샌프란시스코에 도착한 스티븐슨의 초상화

과 법학을 억지로 전공시킨 보수적인 부친의 요구 때문에 오히려 더
욱 커진 자유로운 문학을 하고픈 열망이 그를 여행에 심취시킨 중대
한 요인이었다. 스티븐슨은 건강이 나빠지거나 억지공부에 지칠 때
면 곧잘 화창하고 온화한 기후를 찾아 유럽의 남부지역들을 여행
했고, 나중에는 미국까지 여행했다. 그런 여행들의 대부분은 그에게

당대의 문인들과 예술인들을 만나 교유하고 문학과 예술에 대한 안목을 넓힐 기회들, 향후 창작활동의 귀중한 자양분들이 될 다양한 체험들, 모험적이고 자유로운 보헤미안의 의지를 시험하고 단련시킬 여건들뿐 아니라 사랑할 수 있는 여인들을 만날 계기들을 제공해줄 만큼 유익했고 또 즐거웠다. 물론 그는 사랑하는 애인 패니 오스번을 만나려고 1879년 8월에 미국여행을 결행했다가 초죽음이 되기도 했지만, 그런 와중에도 그는 절대로 펜을 놓지 않았고 뛰어난 여행기들을 집필했다. 이런 사실은 스티븐슨 특유의 강인하고 합리적인 낙관주의와 보헤미안 의지가 단순한 청춘의 객기나 반발심에서 비롯되지 않았다는 것을 분명히 예증한다.

3

이렇게 연단된 스티븐슨 특유의 기질이 획득한 지식과 경험들은 그가 청소년기부터 근면하게 실천한 문학습작과 맞물리면서 간명함, 치밀함, 경쾌함으로 대변되는 그의 특징적 문체를 형성했다. 그의 문체를 구성하는 이 3대 요소는 그의 소설들뿐 아니라 에세이들에서도 긴밀히 연동하여 얼핏 냉습하고 엄중하게 느껴질 수 있는 배경이나 인물성격이나 세계관마저 화창하고 경쾌하게 변환시키는 "진기한 매력"을 발휘한다. 그런 변환과정은 병약한 체질이 모험적이고 자유로운 정신활동으로, 스코틀랜드의 음울하고 냉습한 기후가 남유럽의 명랑하고 화창한 기후로, 억지공부에 대한 싫증과 반발심이 문학과 예술에 대한 열망과 자유로운 보헤미안 의지로 진화하는 과정에 비유될 수 있다. 이 진기한 매력은 스티븐슨의 작품들 중 「해안 모래언덕의 외딴집」과 『지킬 박사와 하이드 씨』를 극찬한 코넌 도일이 스티븐슨의 다른 작품들도 "다른 평균적인 작가들의 최우수 작품들을 부끄럽게 만들"[6] 수 있다고 평가한 까닭이기도 하다.

<h2 style="text-align:center">4</h2>

1878년 여름부터 가을까지 《런던매거진》에 연재된 단편소설 3편으로 구성된 중편소설 『자살클럽』은 스티븐슨 특유의 기질과 문체를 유감없이 예증하는 첫 작품이라고 할 수 있다.

다소 어둡고 무겁게 느껴질 수 있는 이야기를 스티븐슨 특유의 간명하고 치밀하며 경쾌한 문체로 풀어낸 이 흥미진진한 모험추리소설의 무대는 빅토리아 시대[7]의 런던과 프랑스 파리이다. 주인공은 모험을 즐기는 보헤미아의 왕자 플로리즐과 그의 슬기롭고 충직한 부하 제럴딘 대령이다. 평소처럼 즐거운 모험거리를 찾아 런던의 길거리로 나선 왕자와 대령이 갑자기 내리는 진눈깨비를 피해 들어간 선술집에서 '크림파이를 공짜로 나눠주는 한 청년'과 조우하면서 이 소설은 시작된다. 그 청년은 왕자와 대령을 자살클럽이라는 일종의 비밀단체로 유인한다. 그 단체에서 은연중에 풍기는 사악하고

6 　아서 코넌 도일, 앞 책, 118쪽.
7 　Victorian era: 브리튼 제국의 빅토리아 여왕(Queen Victoria, 1819~1901)이 재위한 1837~1901년.

음흉한 기운을 감지하고 참을 수 없는 호기심과 모험심에 사로잡힌 왕자는 위험을 직감한 현실적이고 합리적인 대령의 만류를 무릅쓰고 자살클럽의 비밀회합에 동참한다. 그때부터 자살클럽의 비밀을 파헤치려는 왕자와 대령의 놀라운 모험과 추리가 런던과 파리를 무대로 흥미진진하게 펼쳐진다.

이 소설의 줄거리를 구성하는 요소들에는 음미할 만한 것들이 곁들여져있다. "보헤미아 왕자 플로리즐"이라는 주인공의 이름이 셰익스피어의 희곡 『겨울 이야기』에 나오는 주인공 "보헤미아 왕자 플로리즐"[8]과 같다는 사실과 이 주인공의 실제 모델이 "웨일즈 왕자"[9]라는 사실, 왕자와 대령을 자살클럽으로 유인하는 "크림파이를 나눠주는 청년"의 실제 모델이 스티븐슨의 몽상적이고 예술적인 사촌형 "로버트 앨런 스티븐슨"이라는 사실,[10] 그리고 스티븐슨이 런던에 있는 사촌형 모친의 자택 응접실에서 사촌형과 대화하다가 이 소설의 밑그림을 발상(發想)했다는 사실[11]은 무척 흥미롭다. 아울러 이

---

8 The Winter's Tale: 셰익스피어가 1610~1611년 창작한 것으로 알려진 이 희곡에서 보헤미아 왕 폴릭스니스(Polixenes)의 아들 보헤미아 왕자 플로리즐은 양치기노인의 의붓딸 퍼디터(Perdita)를 만나 사랑에 빠지고 그녀와 결혼하기를 원한다. 그러나 폴릭스니스는 퍼디터의 신분이 비천하다는 이유로 결혼을 반대하면서 만약 플로리즐이 그녀를 다시 만나면 왕위를 물려주지 않겠다고 경고한다. 그래도 퍼디터를 향한 사랑을 포기하지 못한 플로리즐은 폴릭스니스 몰래 퍼디터를 계속 만난다. 그때 시칠리아의 영주 카밀로(Camillo)가 퍼디터에게 청혼하는데, 그 과정에서 퍼디터의 진짜 신분이 시칠리아 왕 레온테스(Leontes)와 왕비 헤르미오네(Hermione)의 딸이라는 사실이 밝혀짐으로써 플로리즐과 퍼디터는 마침내 결혼할 수 있게 된다.
9 로버트 루이스 스티븐슨, 『새로운 아라비안나이츠』(New York: Charles Scribner's Sons, 1915), p. vi. 여기서 "웨일스 왕자(Prince of Wales)"는 1901년 빅토리아 여왕을 계승하여 브리튼 제국의 왕위에 등극하기 이전의 에드워드 7세(Edward VII, 1841~1910: 1901~1910)의 호칭이다.
10 앞 책.
11 그레이엄 발퍼(Graham Balfour, 1858~1929: 로버트 루이스 스티븐슨의 외사촌동생이자 잉글랜드의 교육학자), 『로버트 루이스 스티븐슨의 일생The Life of Robert Louis Stevenson』(New York: Charles Scribner's Sons, 1915), p. 134.

잉글랜드의 화가 찰스 로버트 레슬리(Charles Robert Leslie, 1794~1859)가 그린
《플로리즐과 퍼디터Florizel and Perdita》. 플로리즐은 화면의 제일 오른쪽에 앉아있다.

소설에는 애인과 사촌형을 생각하는 스티븐슨의 마음도 은연중에
암시되어 있다.

이 소설을 집필할 즈음 스티븐슨은 패니 오스번을 열렬히 사랑
했지만 그의 부모는 아들과 그녀의 교제를 반대했다. 그래도 패니
오스번을 향한 사랑을 포기하지 못한 스티븐슨은 이듬해 친구들의
반대를 무릅쓰고 부모도 모르게 미국여행을 결행했다. 또한 몽상적
인 예술평론가이던 사촌형은 스티븐슨을 문학세계로 인도한 장본인
이나 마찬가지였다.

이 소설이 겸비한 또다른 흥미로운 사연은 주인공들인 플로리
즐과 제럴딘의 성격과 관계이다. 플로리즐은 호기심을 가득 품은 모

험꾼이면서도 상상력과 과단성을 겸비한 인물로서 상황을 주도한다. 현실적이고 합리적이면서 재치와 기지를 겸비한 제럴딘은 플로리즐을 충직하게 보좌한다. 이런 사연을 감안하면 이 두 인물과 비슷한 유명한 또다른 두 인물이 상기될 수 있는데, 그들은 바로 코넌 도일의 주인공들인 셜록 홈스와 왓슨 박사이다. 여기서 누군가 "웬만한 추리소설독자들에게는 너무나 유명한 '명콤비'탐정들인 이 두 인물이 플로리즐과 제럴딘에서 유래했을 수도 있다"고 말한다면 과언으로 들릴지 모르겠다. 하지만 홈스와 왓슨이 플로리즐과 제럴딘의 후신(後身)들일 개연성도 없잖아 보인다. 왜냐면 『자살클럽』은 1878년 발표되었고, 늦게 잡아도, 1882년에 이미 단행본으로 출간되었지만, 셜록 홈스가 최초로 등장하는 코넌 도일의 탐정추리소설 『주홍색 연구A Study in Scarlet』는 1887년 발표되었으며, 『자살클럽』의 후반부로 갈수록 플로리즐의 역할이 셜록 홈스의 역할과 닮아가고, 코넌 도일이 자신의 독서회고록『마법의 문을 열고 들어가면』의 상당부분을 스티븐슨의 작품들에 할애할 정도로 스티븐슨의 작품들을 탐독했기 때문이다. 물론 이런 사실들만을 근거로 두 콤비들의 선후관계를 확증할 수도 없을 뿐더러 굳이 확증할 필요도 없을 것이다. 『자살클럽』은 이런 개연성을 얼마간이나마 겸비한 덕분에 독자들에게 탐정추리소설을 읽는 묘미도 안겨줄 수 있는 작품이기만 해도 충분한 가치를 획득하기 때문이다.

이 소설의 또다른 묘미는 기괴한 등장인물들인 노엘 박사와 자살클럽회장이 지킬 박사와 하이드 씨를 연상시킨다는 사실에서 찾아질 수 있다. 물론 동일인의 이중인격을 대변하는 지킬 박사와 하이드 씨와는 다르게, 노엘 박사와 자살클럽회장은 여러 면에서 서로 다른 인물들이다. 하지만 노엘 박사와 자살클럽회장이 기묘하게도 서로 번갈아가듯이 출몰하는 『자살클럽』의 결말부분은 두 인물이 은연중에 담합하거나 결탁하는 느낌을 자아내는데, 지킬 박사와 하이드 씨를 떠올리면 그런 느낌은 더욱 짙어지는 듯하다.

끝으로 이 소설에는 흥미로운 두 가지 미덕을 겸비했다는 사실도 기억해둘 만하다. 그것들은 첫째, 런던과 파리를 오가며 전개되는 이 소설의 배경이 스티븐슨의 여행체험들을 간접체험할 수 있는 기회를 독자들에게 제공한다는 것이다. 둘째, 스티븐슨은 이 소설을 연작형식으로 집필하면서 각 단편의 말미에 일종의 제보자(提報者)를 내세워 후속편을 예고한다는 것이다. 『아리비안나이츠』에서 세헤라자데가 제보자 역할을 하는 경우에 비견되는 이런 기법은 스티븐슨이 연재하던 후속편에 대한 독자들의 기대감을 자극할 뿐 아니라 저자 본인의 창작의욕도 배가시키는 미덕을 겸비한 것으로 보인다.

5

이 사연들과 묘미들을 겸비한 『자살클럽』은 스티븐슨 특유의 기질과 문체, 그의 내밀한 정신과 모험적 체험들, 향후 그가 창작할 작품들의 밑그림들까지 집약된 최초의 완성작으로 평가될 수 있다.

물론『자살클럽』은『보물섬』이나『지킬 박사와 하이드 씨』만큼 대단한 인기를 누리지는 못했다. 하지만《런던매거진》의 독자들은『자살클럽』을 재미있게 읽었고 대체로 호평했다. 그런 덕분에 스티븐슨은 이 소설의 후속편을 집필할 의욕을 잃지 않았고 플로리즐이 주인공으로 활약하는『라자의 다이아몬드』를 구성하는 단편들도 힘차게 집필할 수 있었을 것이다.

『자살클럽』은 1882년『새로운 아라비안나이츠』에 수록되어 출간된 이래 1896년에는 미국에서 별도의 단행본으로도 출간되었다. 이후『자살클럽』은 비록 소설 자체로서는 큰 인기를 누리지 못했으되 그것이 지닌 문학적·예술적 가치와 풍부한 의미를 각별히 주시하는 문예인들의 관심은 끊이지 않았다. 1909년 처음으로 이 소설을 각색한 4분짜리 단편영화가 미국에서 제작되었고, 1913년에는 독일에서 40분짜리 영화로 제작되었으며, 이후 유럽각국에서는 물론 미국과 캐나다에서도 영화, TV 및 라디오 드라마, 연극으로 각색되어 수십 차례에 걸쳐 상영·방영·공연되었다는 사실은 이 소설의 풍부한 가치와 의미를 충분히 증명한다. 심지어 2011년에는 플로리즐과 제럴딘 대신에 셜록 홈스와 왓슨 박사가 주인공들로 등장하고 제목도『셜록 홈스와 자살클럽의 모험Sherlock Holmes and the Adventure of the Suicide Club』으로 각색되어 연출된 연극이 미국 뉴욕의 브로드웨이에서 공연될 정도로 이 소설은 풍부한 해석의 가능성도 겸비했다.

물론 『자살클럽』이라는 제목에 자극되어 미국 샌프란시스코에서 일종의 비밀모임이 결성되어 1977~1983년까지 활동한 경우가 있었다고 한다. 하지만 그 모임은 실제로 자살을 위한 것이 전혀 아니라 회원들이 기분전환을 위해 가벼운 농담을 즐기는 친목단체에 불과했다고 한다.

　　그런데도 이 소설의 제목을 혹시라도 경솔하고 맹목적이며 무분별한 비관주의자나 염세주의자나 허무주의자가 심각하게 받아들인다면, 그들의 그런 심각함이 오히려 그들의 경솔함과 맹목성과 무분별함을 되돌아보게 만들 계기가 될 수 있을 것이다. 스티븐슨이 이 소설의 제목을 "자살클럽"으로 뽑은 의도가 있다면, 그것은 아마도 바로 이런 패러독스 — G. K. 체스터턴도 간파한 패러독스(《부록 1》참조) — 의 절묘한 효능을 이 소설이 발휘해주기를 기대하는 마음이었을지 모른다. 다시 말해서 '모든 자살은 심각한 문제이지만 그런 만큼 자살을 심각하게 성찰할수록 자살은 경솔하고 맹목적이며 무분별한 짓이다'는 것이 분명해진다는 패러독스, '자살을 기도하고 의욕하는 인간이야말로 오히려 삶을 기도하고 의욕하는 인간이다'는 패러독스를 스티븐슨은 말하고 싶었는지 모른다.[12] 그래서 "자살클럽"이라는 이 소설의 제목과 내용이 가동시키는 패러독스의 효능 — 이토록 기막힌 묘미 — 을 만끽하는 과정은 심각하기

12　여기에 곁들여 말하자면, "자살이야말로 유일하게 진실로 중대한 철학의 문제이다. 삶이 살아갈 가치를 지녔느냐 여부를 판단하는 과정이 곧 철학의 근본적인 질문에 대답하는 과정이다."고 말한 알베르 카뮈(Albert Camus, 1913~1960)도 "자살"을 철학의 문제로 상정함으로써 "삶"에 대한 성찰을 촉구하는 패러독스를 구사한다.

보다는 오히려 흥미진진할 것이다. 그것은 심각한 주제를 경쾌하게 이야기할 줄 아는 스티븐슨의 강인하고 합리적인 낙관주의와 보헤미안 의지를 만끽하는 의미심장한 과정이기도 할 것이다.

2014년 2월

김성균